Aus Freude am Lesen

btb

Buch

Martin Beckers Geschichten sind ein Ereignis: nichts ist an
ihnen wahrscheinlich und alles relevant. Wir betreten eine
Welt voll von sprechenden Hunden, folgenlosen Morden und
anrührend abseitigen Hobbies. Da kommt ein verlorener
Sohn wieder nach Hause und entdeckt, welcher Hölle er
entronnen ist. Da wird nach einem langwierigen Leben un-
verhofft die totgeglaubte Mutter wiedergefunden. Da muss
eine Geburtstagsfeier an der Autobahnraststätte ohne den
70jährigen Jubilar auskommen, denn der liegt im benach-
barten Moos und hat aufs Verrecken keine Lust. Da klingelt
ein skurril unbegabtes Handwerker-Duo, um den bestellten
Super-Kaffee-Automat aufzustellen, dessen Kapazität für ein
Großraumbüro ausgerichtet ist. Aber Hand aufs Herz: Wem
ist es nicht schon mal passiert, aus Versehen ein Lockange-
bot unterschrieben zu haben? Der Einbau des Automaten
aber steigert sich zu einer finsteren Szenerie von Bedrohung,
Todessehnsucht und Ausweglosigkeit.
Martin Becker ist ein Staunen machendes Talent: Immer
wird an der offenen Seele operiert, aber Hygiene ist für die
Pfuscher in diesen Erzählungen ein Fremdwort. Mit einem
ungehörten, unerhörten Ton treibt Becker den Leser durch
seine wilden, wüsten, traumschön schlimmen Welten, über-
bringt er uns Nachrichten von der Schatten- und Nachtseite
des Lebens.

Autor

Martin Becker, geboren 1982 in Attendorn, studierte am
Leipziger Literaturinstitut. Er verfasst Hörspiele, Features
und Kommentare für den öffentlich-rechtlichen Rundfunk,
u. a. WDR. Für seine Erzählungen erhielt er zahlreiche
Auszeichnungen, u. a. 2007 den GWK-Förderpreis Literatur,
2008 das Literaturstipendium der »Märkischen Kulturkon-
ferenz« und den »Kunstpreis Literatur« der Lottostiftung
Berlin-Brandenburg. Martin Becker lebt in Leipzig.

Martin Becker

Ein schönes Leben

Erzählungen

btb

FSC

Mix
Produktgruppe aus vorbildlich
bewirtschafteten Wäldern und
anderen kontrollierten Herkünften

Zert.-Nr. GFA-COC-1223
www.fsc.org
© 1996 Forest Stewardship Council

Verlagsgruppe Random House FSC-DEU-100
Das FSC-zertifizierte Papier *Munken Print* für dieses Buch
liefert Arctic Paper Munkedals AB, Schweden.

1. Auflage
Genehmigte Taschenbuchausgabe Juni 2009,
btb Verlag in der Verlagsgruppe Random House GmbH, München.
Copyright © 2007 by Luchterhand Literaturverlag in der
Verlagsgruppe Random House GmbH, München.
Umschlaggestaltung: semper smile, München
Umschlagfoto: plainpicture/Sander, J.
Druck und Einband: CPI – Clausen & Bosse, Leck
MM · Herstellung: SK
Printed in Germany
ISBN 978-3-442-73910-3

www.btb-verlag.de

Inhalt

»Ist das der Kindergarten?« sagte Murphy.
»Nein«, sagte Ticklepenny, »die Leichenhalle.«

Samuel Beckett: »Murphy«

Ein schönes Leben

Das Schlimmste hier sind die ungeschriebenen Gesetze, das Allerschlimmste aber die, über die niemand spricht. Eines davon heißt: Wer dableibt, der schafft sich Hunde an. Und ein anderes: Wer es nicht schafft, wegzukommen, geht auf den Dachboden und hängt sich auf. Bei dieser Entscheidung ist Odradek angelangt, er steht unschlüssig und mit weichen Knien auf der Treppe nach oben, in der rechten Hand den Schlüssel fürs Dach, in der linken den gepackten Rucksack.

Unten, im Leben: die Mutter. Die Beine höher lagernd als den Kopf durchblättert sie zum zehnten, zum zwanzigsten Mal die Fotoalben der glücklichen Tage. Blättert, lacht auf, schläft ein, wacht auf, blättert, lacht auf. Bald kommt die Gesellschafterin, die Nacht und Tag bei der Mutter verbringen wird, Gesellschafterin nennt man das hier (und damit zum ungeschriebensten Gesetz: Spar dir die Wahrheit!).

Noch ist nichts passiert. Noch steht Odradek unschlüssig mit seinen beiden Möglichkeiten in den

Händen auf den Stufen nach oben, mal macht er zwei Schritte hoch, mal zwei runter, er weiß nicht, was zu tun ist, er sagt sich leise vor, welche Möglichkeiten bleiben: Ich geh jetzt da hoch und häng mich auf. Oder: Ich geh jetzt da runter und fahr ans Meer. In diesem Moment größter Unentschiedenheit, als Odradek stehen bleibt und seine Schritte sein lässt, öffnen sich am Bahnhof die Türen des Bummelzugs, und Heraklit von Ephesos steigt aus. Fett ist er geworden. Er trägt einen Leinenanzug, viel zu eng, ehemals schneeweiß. Behäbig trottet er von einem Ende des Bahnsteigs ans andere: Der Bürgermeister fehlt. Der Fanfarenzug fehlt. Der Männerchor fehlt. Ein dürftiger Empfang. Heraklit zieht eine dicke Zigarre aus dem Anzug und zündet sie an. Mit schweren Schritten geht er rauchend durch die Straßen. Er kommt an einem Hof vorbei, die großen Hunde wedeln ihm am Zaun entgegen. Er will ihre Schnauzen streicheln, doch den Rauch seiner Zigarre beantworten die Hunde mit lautem Bellen, und Heraklit schreckt zurück.

Odradek trifft eine Entscheidung, endlich. Er steckt den Dachbodenschlüssel in die Hosentasche, geht runter zur Mutter, verabschiedet sich von ihr mit einem Kuss auf die alte Wange und steht vor dem Haus. Hier ist gerade Sommer und alles ist lau und hell, noch eine Stunde, bis die Sonne untergeht. Die

Gesellschafterin kommt pünktlich auf dem Fahrrad angefahren, und Odradek startet beruhigt den Motor, fährt davon und fährt und fährt und fährt.

Die einen sagen, der Herrenausstatter ist ein adretter alter Mann. Andere meinen, er sei ein Schleimer. Immer um das Wohl der Kundschaft bemüht, stets in Bewegung und kurzatmig. Gerade hat er die Kasse gemacht und die Kurzwaren reingeschoben, gerade schlüpft er zur Tür hinaus und will abschließen, als er Heraklit kommen sieht. Schon aus der Ferne winkt er ihm zu. Ein Fremder, denkt der Herrenausstatter und verschwindet flink wieder im Laden, als hätte er Heraklit gar nicht gesehen. Schon öffnet sich die Tür, und Heraklit kommt mit Zigarre zwischen den Zähnen herein. Rauchen verboten, ruft der Herrenausstatter und springt über die Theke. Geschlossen, außerdem haben wir schon geschlossen. Er zupft an Heraklits speckigem Ärmel. Heraklit streift die Hand des Herrenausstatters ab und räuspert sich: Mein Name ist Heraklit von Ephesos, ich bin ein Gelehrter. Ungeheuerlich, sagt der Herrenausstatter, ein Gelehrter. Heraklits Ton imponiert ihm. Er wittert ein Geschäft. Ich brauche einen neuen Anzug, und zwar dalli, sagt Heraklit. Donnerwetter, ein Mann der Tat, sagt der Herrenausstatter. Aber wir haben geschlossen, es geht erst morgen. Heraklits Miene versteinert. Der Herrenausstatter tänzelt ein wenig hilflos vor ihm herum, zupft Heraklit die Falten aus dem Anzug. Er ist nicht auf Widerspruch gefasst. Jeder weiß, dass der Herrenausstatter zu den angesehensten Männern im Ort gehört, immer hat er die beste pürierte Leber vorrätig. Die Männer hier haben eine Schwäche für pürierte Leber. Morgens, mittags, abends ein Stück Leber, dann bleibt das Herz gesund für immer: ein geschriebenes Gesetz, endlich. Heraklit weiß das auch, baut sich vor dem Herrenausstatter auf und sagt: Nein, ich brauche den Anzug heute. Und ich suche eine Bleibe für die Nacht, aber es muss morgens, mittags und abends gute Leber geben, nein, keine gute, die beste pürierte Leber am Ort, sagt Heraklit, kneift die Augen zusammen und zieht genüsslich an seiner Zigarre. Was für eine Gelegenheit, denkt der Herrenausstatter und sieht sich schon im Gewand des Bürgermeisters, der die Weisheit in den Ort gebracht hat. Gut, sagt er, also gut. Sie sollen Ihren Anzug haben, und die beste Leber noch dazu. Schon hüpft der Herrenausstatter mit dem Maßband um Heraklit herum, murmelt Konfektionsgrößen, verschwindet in der einen Sekunde in der Tiefe des Ladens, um in der anderen mit einem Stoß weißer Anzüge wieder um Heraklit herumzuscharwenzeln. Den teuersten, sagt Heraklit. Her damit. Donnerwetter, ruft der Herrenausstatter, eine gute Wahl, eine gute Wahl! Ich werde Ihnen Unterkunft gewähren, mit der besten Leber weit und breit. Da Heraklit nun edleren Schnitt trägt, entsorgt er seine alten Kleider schon beim Rauskommen aus dem Laden in einem Papierkorb. Die Müllabfuhr kommt, ein Müllabfuhrmann leert den Papierkorb aus, er ist nicht aus dem Ort, sprich: Er ist gewissenhaft, also nimmt er den Leinenanzug und legt ihn zurück vor die Tür des Herrenausstatters. Nur fünf Minuten später marschiert ein Penner mit großer Spitznase und langem schwarzen Bart auf dem Weg vom einen Nachbarort in den anderen vorbei und sammelt den Leinenanzug auf. Hustend und unter großem Aufwand schüttelt er Hose und Jacke aus auf der Suche nach Geld oder Essbarem. Wütend wirft er die leeren Kleider auf den Boden und tritt darauf herum; und als er sie nicht kaputtkriegen kann, setzt er sich in das nahe gelegene Buswartehäuschen des regionalen Busverkehrs und legt den Anzug neben sich. Er wartet, bis sich die Gardinen der Häuserfront wieder geschlossen haben und geht eilig und ohne Anzug davon. Heraklit liegt mittlerweile, und zwar auf einem bequemen Bett im bequemen Zimmer des Herrenausstatters, der bereits am Telefon hängt und mit flüsternder Stimme die Kunde vom edlen Gast weiterträgt. Er ruft den Bäcker an und erzählt, ein Gelehrter namens Heraklit sei gekommen, und er hätte ihn aufgenommen, denn das verheiße eine große

Zukunft. Der Bäcker ruft den Lehrer an. Der Lehrer erzählt es dem Wirt, der Wirt klingelt den Bürgermeister aus dem Bett, und der Bürgermeister läuft eilig zu seinen Stadträten, und die frohe Botschaft verbreitet sich.

Während Odradek fährt und fährt und fährt. Um ihn herum ist die Nacht angebrochen. Aus dem Radio tönt Musik, eine Pastorale vom Land, die Odradek ans Herz geht. Der Gedanke, die Mutter im Stich gelassen zu haben. Schon laufen Odradek die Tränen bei voller Fahrt über die Wangen. Beinahe sieht er schon nichts mehr, da ist die Musik zum Glück vorbei. Odradek holt tief Luft, kurbelt mit einer Hand das Fenster runter und stößt den Atem einen unendlich langen Moment lang aus, als wäre es ganz und gar nicht sein eigener. Er schaut nach links, er schaut nach rechts, lauter Unbekanntes für Odradek. Dabei doch nur: die Einsamkeit der Autobahnraststätten, unter anderem. Abgerissene Dachrinnen am Fahrbahnrand. Lichter eines leeren Einkaufszentrums. Prostituierte ohne Rock und Hose, die andere Welt und noch eine andere Welt, so was halt. Jetzt Odradeks Blick wieder auf der Straße, im Kopf nur noch das Meer, weiter: nichts.

Menschen wie ich, die müssen zum Meer, denkt er. Odradek hat sich seine große Fahrt genau überlegt. Mit dem Auto braucht er elf bis elfeinhalb Stunden zum Meer, und elf bis elfeinhalb Stunden dauert es, bis er wieder daheim ist. Ein bis zwei Stunden wird er haben, dann geht's zurück, pünktlich mit Odradeks Heimkehr wird sich die Gesellschafterin wieder auf ihr Rad schwingen. Spätestens dann muss Odradek wieder bei der Mutter sein, es ist nämlich so: Vorvorgestern wusste sie noch, wann sie geboren wurde, vorgestern, wo sie ist, und gestern, wie sie heißt. Aber heute.

Zu Ehren Heraklits ist schon alles in Bewegung. Mitten in der Nacht. Eine leere Villa wird zum Freudenhaus erklärt, das Gebäude daneben zum Ort der Kultur. Ein wenig außerhalb liegt der stillgelegte Flugplatz, auf welchem in den nächsten Stunden Kleinflugzeug um Kleinflugzeug landet. Eine Jazzcombo wird eilig eingeflogen, darüber hinaus ein Tanztheater, mehrere Seelsorger und einige leichte Mädchen. Die Gesellschafterin kümmert sich nicht mehr um die Mutter. Sie hat ihre Pflicht getan und die Mutter mit dem Untergang der Sonne ins Bett gelegt. Da schläft sie jetzt und träumt, erstaunlicherweise von Odradek, wie er im Auto sitzt und zum Meer fährt, sie träumt noch mehr, aber das sind nur Schemen aus besseren Zeiten, von anderen Orten. Die Gesellschafterin stützt ihre von der Arbeit kräftigen Arme auf die Fensterbank, hat die Gardinen zur Seite gezogen und sieht hinaus. Sie weiß noch nichts von Heraklit, aber sie merkt: Es liegt etwas in der Luft. Sie reckt ihren Hals weit nach vorn und sieht Scharen von Männern in Arbeitskleidung, wie ein Ameisenhaufen. Eilig und so lautlos wie möglich huschen sie durch die Straßen. Bäume werden gestutzt, grobe Schlaglöcher ausgebessert, Wege neu geteert, abbröckelnde Häuserfassaden notdürftig saniert und mit schneller Hand gekittet. An jeder Ecke balancieren alte Männer auf hohen, wackeligen Leitern. Sie hissen Fahnen und hängen längst verstaubte Wimpel auf. Noch bevor alle die Gardinen zur Seite zogen und staunten, waren heimlich, still und leise die Hundefänger da gewesen. Die Tiere: mit Leberwurst gelockt, eingesammelt und weggebracht, weit vor dem ersten Kläffen. Vom Marktplatz her tönt das Tambourcorps, es probt den großen Zapfenstreich. Die Gesellschafterin wippt mit dem Fuß und vergisst bei diesem Trubel vor dem Fenster ihre einzige Pflicht: die Mutter im Auge zu behalten. Sonst will hier niemand nachts raus, heute wollen alle, aber keiner traut sich. Jeder steht hinter seiner eigenen Gardine und schaut. Jeder glaubt, längst am besten Bescheid zu wissen, von hohem, gar höchstem Besuch wird hinter vorgehaltener Hand geredet, manchmal fällt gar so etwas wie: Hoffnung, Zukunft, so was halt. Viele stehen selig da und sehen hinaus bis zum Sonnenaufgang, dann erst öffnen sie ihre Fenster, tatsächlich, denken alle, es liegt etwas Herrschaftliches in der Luft, etwas Nie-Da-Gewesenes, etwas Fundamental-Alles-Veränderndes, etwas Die-Gesetze-Auf-Den-Kopf-Stellendes, etwas Für-Jeden-Bedeutsames, etwas Ein-Neues-Leben-.

Menschenleer ist das Meer, als Odradek den Wagen abstellt. Er denkt an die Mutter und wird den Gedanken nicht mehr los, Unrecht zu tun. Odradek betritt den Deich und schaut auf das Wasser, es kommt, noch gibt es Brachland dazwischen, aber bald schon wird der Schlick verschwunden sein.

Sicherheitshalber tastet Odradek in seiner Hosentasche nach dem Schlüssel zum Dachboden. Die Innensicht der Hosentasche: Odradeks Leben bis zum heutigen Tag. Ein klebriger Klumpen aus Erinnerungen. Postkarten vom Meer, vom Berg, von woanders, zusammengeknüllte, kopierte Krankenberichte, Papiere, Fotos, Zeugnisse vom Leben auf dem Land. In den raren, ruhigen Minuten bei der Mutter – wenn sie schläft bei Tage –, sortiert Odradek die Schichtung in der Tasche neu, alles klebt aufeinander, irgendwann ist ein Kaugummi dazwischengeraten, und die Dinge sind nicht mehr so einfach voneinander zu trennen. Zuletzt sieht sich Odradek ausdauernd seine liebste Fotografie der Mutter an: mit Hunden, schwarz-weiß, andere Zeit, anderer Ort. Sie war vielleicht zwölf, als die Fotografie entstand.

Die Hunde sollten später sterben, nachdem sie im Hühnerstall zig Tieren die Genicke gebrochen hatten, daran denkt Odradek allerdings nicht bei dieser Fotografie. Er mag die Seligkeit im Blick der Mutter, dieselbe Seligkeit ihres Gesichts im Schlaf heute, und die seines Gesichts, wenn es im Haus endlich ruhig geworden ist und er sich wie zufällig im Spiegel betrachtet.

Eine halbe Stunde sitzt Odradek auf dem Deich, er wartet auf das Hochwasser, er kennt es nur von Bilderbüchern. Er wird müde und schläft ein, und als er wieder aufwacht, ist der Wasserstand genauso wie zuvor. Kurzzeitig glaubt er an einen Schlaf von Sekunden, dann aber schaut er auf die Uhr und sieht: Er hat das Schönste verpasst. Jetzt zu bleiben hat keinen Sinn mehr, denkt er, und verlässt den Deich. Odradek liegt gut in der Zeit, und obwohl er das Hochwasser verschlafen hat, ist sein Abenteuer noch nicht zu Ende. Er will was erleben, will der Mutter davon erzählen. Hier, denkt er, ist alles anders. Unmittelbar vor dem Deich gibt es eine kleine Gaststätte. Sie wirbt auf einer großen Tafel mit dem besten Hummer am Ort. Odradek betrachtet die Karte: Pürierter Hummer auf Butterbrot, Hummer im Ganzen, Hummer zerlegt, Hummersuppe, Hummerknödel, Hummermenüs, Frittiertes, Gekochtes, alles aus Hummer. Odradek dreht sich der Magen um, er will nur einen Kaffee.

Die langsam umherschlurfende angegraute Bedienung dreht sich nicht mal um, als Odradek den Gastraum betritt und sich an die Theke setzt. Ich hätte gerne einen Kaffee, sagt Odradek. Ohne Worte hantiert die Bedienung an der Maschine, dreht sich um und donnert Odradek einen Pott mit Kaffee auf den Tisch. Aus der Küche zieht der scharfe Geruch nach angeschlagenem Fisch heran. So hat sich Odradek das nicht vorgestellt. Er will seinen Kaffee in einem Zug austrinken und weg, als sich die Tür wie in Zeitlupe öffnet und ein Alter hereinkommt. Wortlos und zielsicher schlurft er auf Odradek zu, begutachtet ihn von allen Seiten und setzt sich auf den freien Hocker neben ihm. Odradek will gerade aufstehen und gehen, da beugt sich der Alte zu ihm herüber, legt ihm die knochige Hand auf die Schulter, kommt ganz nah an sein Ohr heran und flüstert leise: Du machst Dir hier ein schönes Leben, und mir sitzt der Tod im Nacken.

Die Bedienung ignoriert den Alten, von ihr ist keine Hilfe zu erwarten, denkt Odradek.

Wieder beugt sich der Alte herüber, Odradek kann seinen sauren Atem riechen, unmöglich, jetzt fortzugehen.

Dein Name, sagt der Alte, jetzt schon lauter.

Odradek, sagt Odradek.

Der Alte kichert leise, endloses Rasseln in seiner Lunge.

Der schlaue Odradek, sagt der Alte. Und, hat Odradek Freunde. Nein. Hat er Frauen, nein.

Erst jetzt steht Odradek entschlossen auf, der Hocker kippt zur Seite, gerade kann er noch das Krächzen der Bedienung hören, da sitzt er schon wieder im Auto und denkt nach: über das schöne Leben, über Söhne und Mütter und Väter, so was halt.

Was machst Du denn, kräht die Bedienung, kommt um die Theke herum und stößt den Alten mit ausgestrecktem Finger gegen die Schulter. Vertreib mir nicht auch noch die Letzten. Machst dir hier ein schönes Leben. Aber mir sitzt der Tod im Nacken. Hast du Freunde, hast du Männer, sagt der Alte. Es reicht, Vater, sagt die Bedienung, leg Dich hin, ich mach dir ein Butterbrot, und der Alte wird stumm, geht in das Hinterzimmer der Spelunke, legt sich hin und lässt sich ein Butterbrot machen.

Seit dem frühen Morgen paradieren die Schützenvereine durch den Ort. Der Herrenausstatter ist aufgeregt und tanzt um Heraklit herum, er kann kaum an sich halten. Sehen Sie, die Blaskapelle. Und dort, die Fokloregruppe! Sogar die Prachtkanone aus besseren Zeiten wird vorbeigerollt, minütlich gibt sie einen heftigen Donnerschlag ab, alles nur für Heraklit. Das hat gesessen, ruft der Herrenausstatter jedes Mal und freut sich, wenn Heraklit anerkennend nickt. Lange stehen sie schon hier. Sehen Sie nur, die

Presse, sagt der Herrenausstatter, und fischt einige
Kinder aus der Menge, die er auf Heraklits Schultern und Armen drapiert. Blitzlichtgewitter. Als es
Mittag geworden ist, hakt der Bürgermeister sich bei
Heraklit und dem Herrenausstatter unter. Im Gefolge
einer ganzen Heerschar von Schaulustigen setzt sich
der Tross in Bewegung. Sie marschieren zum Marktplatz, wo ein lokaler Künstler über Nacht ein Denkmal zu Ehren Heraklits geschaffen hat.

Die Gesellschafterin hat nicht eine Sekunde geschlafen. Sie weiß nichts mehr von ihrer Pflicht, noch
immer hat sie ihre kräftigen Arme auf die Fensterbank gestützt und starrt hinaus. Die Mutter hat sich
schon vor Stunden aus dem Bett geschält und nach
Odradek gerufen. Als der nicht kam, hat sie sich die
längst verstaubte Festtagskleidung angezogen, jeden
Finger mit mehreren Ringen geschmückt, ihren Hals
behängt und sich Lockenwickler in die Haare gedreht. So verlässt sie das Haus, und die Gesellschafterin bemerkt es nicht, wie hypnotisiert starrt sie hinaus. Die Mutter sucht Odradek, niemandem fällt sie
im Getümmel auf, nicht mal, als sie endlich anfängt
zu weinen und nach ihren Hunden ruft. Sie gerät
mitten in den großen Umzug und wird nach vorn ge-
drängt, stolpert aus Versehen gegen den massigen, vor
ihr wabernden Heraklit und bringt ihn fast zu Fall.
Platz da, ruft der Herrenausstatter und verscheucht

die Mutter wie eine Stubenfliege, hier kommt der Heraklit. Die Mutter schlurft langsam durch die Seitengassen, sie weiß nicht, wohin. Mal sucht sie das Haus ihrer Kindheit (nicht hier), dann das aus glücklicheren Tagen (abgerissen) und schließlich einfach einen Platz zum Ausruhen. So gerät sie in das Buswartehäuschen. Dort setzt sie sich zur Ruhe, lässt den Kopf langsam sinken und schläft traumlos. Zwischendurch wird sie wach und denkt, die Welt ist verrückt, aber wartet nur, wenn Odradek mich erst findet, dann ist sie wieder gerade.

Als der Zug den Marktplatz erreicht hat, wird viel getrunken. Schunkellieder des Männerchors, Marschmusik. Endlich hält Heraklit die lang erwartete Rede, nichts als alte Hüte, der übliche Mist, keinem fällt es auf:

Alles fließt.

Jubel.

In jedem Ofen wohnt ein Gott.

Begeisterung.

Getümmel. Schließlich erklärt der Herrenausstatter Heraklits Rede für beendet. Man trinkt. Alles johlt, der Künstler schreitet zur Enthüllung des Denkmals. Als er Hand anlegt, feuert der Schützenverein mit der Prachtkanone den größten Böller in die Luft, ein immenser Knall. Am Rande des Marktplatzes vergnügen sich einige Männer mit den neu angeschafften Prostituierten. Im Zuge des Knalls erschreckt sich eine der Frauen so sehr, dass sie sofort hoch-, besser, runter vom Mann springt und einen Bläser der Jazzcombo anstößt, der gerade auf seiner Trompete ein Solo spielen will und steif und fest das Instrument an den Lippen hält und durch den harten Stoß mit dem metallenen Instrument in das Kreuz des Vordermanns schlägt, einem bemitleidenswerten Paukisten, der mit seiner Trommel in die Menge stürzt und einen mit Leberpüree gedeckten Tisch umwirft. Man tobt vor Wut, man beschuldigt einander, und niemand interessiert sich mehr für Heraklit, es entbrennt eine wüste Schlägerei, der arglose Künstler bekommt gehörig eins auf die Fresse, stürzt – mitsamt seinem dicken, über Nacht gemeißelten Heraklit aus Stein – zu Boden und wird überrannt. In diesem lang andauernden Trubel macht sich Heraklit von Ephesos aus dem Staub. Er verschwindet, wie er aufgetaucht war: mit dem Bummelzug. Was er bis zum endgültigen Verschwinden noch tat, ist offen. Es ging unter im unermesslichen Versicherungsbetrug der darauffolgenden Wochen, da jeder behauptete, von Heraklit bestohlen worden zu sein. Nach der Schlägerei folgt auf dem Marktplatz das große Stöhnen, kaum einer, der noch nach Hause findet, alle schlafen sofort ein, nichts rührt sich mehr. Man wird neue Gesetze beschließen: Erstens, niemand Fremdes darf mehr nächtigen, Ausnahme: im Vorgarten bei den jungen frischen Hunden. Zweitens, wer weggeht, kommt nicht mehr rein, er könnte ein anderer sein. Ausnahme: mit den Beinen voran. Drittens, über Dachböden wird geschwiegen. Ausnahme: Der Herrenausstatter macht endlich das, was man von ihm erwartet. Viertens, kein Wort über Heraklit. Zu niemandem. Geschwiegen haben später alle. Einer hatte alles mit angesehen, nicht auszudenken, wenn sie es herausgefunden hätten:

Seelenruhig schlummernd hatte die Mutter im Buswartehäuschen irgendwann neben sich gegriffen und den Anzug ertastet, Heraklits alten, speckigen Zwirn, war aufgewacht, hatte die Kleidung von allen Seiten begutachtet und beschlossen, sie für Odradek zu reinigen. Das aber hatte ein erneutes Herumirren zur Folge, erst wollte sie wie immer nach Hause, als sie das nicht fand, zum Fluss, schließlich zum Brunnen. Und auf diesem Irrweg sah sie das irre Treiben aus gesunder Entfernung mit an, Heraklits Rede, die Vögelei, die Klopperei, den plötzlichen Schlaf.

Alles schlief schief übereinander, nebeneinander, nur Odradeks Mutter blieb wach und aufrecht, fand schließlich einen Wassertrog für Pferde auf einem verwaisten Hof, wusch den schmierigen Anzug wieder weiß und hängte ihn zum Trocknen über den Zaun. Noch stand die Sonne am Himmel, und während die Mutter den Dingen beim Trocknen zusah, kam Heraklit vorbei, der seinen Anzug sofort erkannte.

Er blieb bei der Mutter stehen und sah sie lange an. Als sie sich schließlich herumdrehte, erschrak sie.

Bist Du das, Odradek.

Nein.

Was ist hier los.

Nichts, die Dinge gehen ihren Gang.

Der Anzug, ich habe ihn gefunden, für Odradek.

Er wird ihm stehen. Ganz bestimmt. Er wird ihm stehen.

Dann war er schon wieder verschwunden, er hatte die Mutter angelächelt.

Mit dem Anzug über dem Arm hatte die Mutter sich wieder aufgemacht, war im Zickzackkurs durch die Straßen zurückgekommen zum Buswartehäuschen, purer Zufall.

Während die Mutter nun wie üblich schon wieder schläft, während die Gesellschafterin seit fast vierundzwanzig Stunden und noch immer am Fenster steht und die Mutter somit immerhin auch seit ebenfalls fast vierundzwanzig Stunden schlafend wähnt, während Odradek müde und zufrieden das Ortseingangsschild passiert und sich nicht wundert über die Leere, die so anders ist als sonst, verschwindet Heraklit von Ephesos.

Entschlossen geht Odradek ins Haus und erkennt die Lage sofort, entschlossen packt er die stocksteif stehende Gesellschafterin am massigen Arm, schleift sie zur Tür hinaus und wirft sie auf die Straße. Die Gesellschafterin rappelt sich auf: Ich habe meine Pflicht getan, ruft sie, wenn Ihre Mutter weggeht, ist das nicht meine Schuld. Wütend auf Odradek und auf sich selbst setzt sie sich auf das Fahrrad und braust im Affentempo davon – und wenn schon, denkt sie, ein Kunde weniger ist hier kein Verlust.

Als Odradek mit dem Untergang der Sonne besorgt auf die Straße tritt, um die Mutter zu suchen, ist der faule Zauber längst vorbei. Die Schnapsleichen werden fortgeschafft, Jazzcombo, Tanztheater und Prostituierte ausgeflogen, Denkmal samt Künstler entsorgt. Odradeks Sorgen wachsen: Marktplatz, menschenleer. Straßen, menschenleer, Gardinenplätze, menschenleer. Dann sieht er sie sitzen, schlafend, den weißen, weiten Anzug im Schoß. Eine ganze Weile genießt er die Ruhe, genießt er das Bild der schlafenden Mutter und denkt: Es stimmt, anderen sitzt der Tod im Nacken, und der Odradek hat ein schönes Leben. Ganz sachte weckt er die Mutter auf, die ihn umarmt, umklammert, glücklich wie das Kind.

Wo warst Du, sagt sie.

Am Meer, antwortet Odradek, nichts Besonderes, genauso leer.

Sie zeigt Odradek den gefundenen Anzug. Odradek zieht sich um, legt eigene Jacke und Hose in das Buswartehäuschen und präsentiert sich der Mutter. Natürlich schlabbert alles am schmalen Odradek herum.

Passt wie angegossen, sagt Odradek, hakt sich bei der Mutter unter und geht mit ihr über den gähnend leeren Marktplatz nach Hause.

Schnell und gedämpft spricht die Mutter Odradek ins Ohr:

Hier war die Hölle los, alle Hunde sind weg, und Heraklit von Ephesos war hier, wie die Blöden haben sich alle benommen und betrunken, und am Ende haben sie alle geschlafen und wetten, dass morgen keiner mehr was davon weiß.

Ach, du und deine Geschichten, sagt Odradek.

Aber die Hunde, sagt die Mutter.

Ist ja gut, sagt Odradek.

Die Mutter betrachtet voller Stolz Odradek im neuen Anzug.

Zurück im Haus macht keiner von beiden mehr große Worte, sie legen sich hin, schlafen und träumen, die Mutter vom Meer, Odradek von Heraklit, beide vom Geheimnis der Hunde.

Nun gibt es gerade hier viele dumme Hunde. Aber einer hat sich am Abend vor dem Riesentheater unter verschiedenen Röcken der am Fenster stehenden Frauen verborgen. Als das Gröbste vorüber und es endlich still ist, macht er sich mit seinen alten Pfoten auf den Weg und begutachtet die Straßen.

Erst jetzt kommt er an dem Buswartehäuschen vorbei, angelockt vom Geruch der Leberwurst an Odradeks alter Kleidung. Der Hund nimmt die Hose zwischen die Zähne und schüttelt sie, wartet auf das Bersten des Genicks, aber nichts, er geht ein Stück die Straße herunter, kann nicht weiter, kommt zurück, schüttelt die Hose erneut, wieder nichts.

Vergessen wir nicht, was Odradek in der Eile vergessen hatte: seinen Erinnerungsklumpen in der Hosentasche und nicht zuletzt: den Schlüssel zum Dachboden.

Der kluge Hund weiß Bescheid und will nicht weiterziehen, ohne die Sache zu einem guten Ende zu bringen.

Welch ein Glück, dass sich just in diesen Minuten der bärtige Penner wieder hier vorbeiwagt, auf seinem Weg vom anderen Nachbarort in den einen.

Im Buswartehäuschen sieht er die Kleidung und will sie begutachten, da knurrt der alte Hund los. Davon lässt sich der Penner nicht erschrecken, verpasst dem Hund einen gehörigen Tritt und hebt die Hose hoch. Er schüttelt sie auf der Suche nach Münzen, verteilt Odradeks gesamtes Leben über die Straße, all das schwere, zusammenpappende Papier, alles, was da so war.

Sofort erkennt der Hund, dem der Tritt nicht viel anhaben kann, den Ernst der Lage. Da ist der Dachbodenschlüssel, der schon einigen seiner Herrchen über kurz oder lang zum Verhängnis geworden ist (das Gesetz, von dem keiner was wissen will: kluger Hund, kluger Herr).

Die Möglichkeit, dass ausgerechnet er alter Hund die Misere beenden kann, treibt ihm den Speichel aus den Lefzen.

Er legt den stattlichsten Blick auf, schreitet auf die Kleidung zu und setzt sich wie ein Hüter davor hin.

Was willst Du eigentlich hier, sagt der Penner, höhnisch lächelnd, bereit zum nächsten Tritt.

Was willst Du denn eigentlich hier, sagt der alte Hund mit kratziger Stimme, bereit zum Kampf.

Der Penner pisst sich vor Angst in die Hosen, grabscht den Haufen aus Fotos und Karten und Papieren und den Schlüssel, steckt sich alles in die schmuddelige Hose und eilt los, dass sein Bart hinter ihm her weht.

Wie die Sphinx legt sich der alte Hund jetzt herrschaftlich in Position, die Schnauze auf die flachen Pfoten stützend, die Augenlider müde, schwer atmend. Als er endlich bequem zur Ruhe gekommen ist und der Atem nun flacher und flacher wird, spricht er mehr zu sich als zu irgendwem anders:

Das wurde jetzt aber auch wirklich Zeit.

Lieben

Wo warst Du, sagte Mila. Als hätte es das letzte Jahr nicht gegeben. Hab Dein Zimmer nicht angerührt, sagte sie. Das ist nett, sagte ich. Deine Post: nur Rechnungen, hab ich bezahlt, sagte Mila. Lieb von Dir, sagte ich. Hab ein Ledersofa gekauft, das alte steht im Keller, sagte Mila. Wir tragen es wieder hoch. Nein, Leder ist in Ordnung, sagte ich. Das ist für Dich, eine Kleinigkeit. Was soll das sein, sagte Mila. Ein Glücksbringer aus Indien, sagte ich. Du warst in Indien, sagte Mila. Nein, sagte ich. Hab ich vom Flohmarkt. Trinken wir Wein. Lieben wir uns. Die Kleider über den Boden verteilt. Die Vorhänge offen. Ich: ungeduscht vom Nachtzug. Sie: ungeduscht vom Schlaf. Wie wir waren. Mitten im Wohnzimmer, auf hartem Holz.

Ich stand auf dem Balkon. Die Sonne war schon aufgegangen. Blick nach rechts: der kleine Supermarkt. Geschlossen. Eine Handvoll müder Männer in Gartenstühlen, mit orangenen Westen. Sie wedelten mit ihren brennenden Fackeln gegen den Wind.

Die Lieferanten fuhren unverrichteter Dinge wieder ab: Wir brauchen keine Ware. Blick nach links: der kleine Park. Weniger als zwanzig Schritte lang und breit. Bänke und Papierkörbe. Alles voller Müll. Wie immer. Jede Nacht reißt das Schwein den Müll aus den Körben und verteilt ihn im Park. Unbemerkt und leise. Ich hasse ihn. Manche Dinge ändern sich nicht.

Wo warst Du, sagte ich. Spazieren, sagte Mila. Die ganze Nacht, sagte ich. Sie umarmte mich von hinten. Wolltest Du nicht auf Weltreise, sagte sie. Bin nur bis Bad Schandau gekommen, sagte ich. Keine Papiere. Sie lachte laut. Danach hat mich der Mut verlassen, sagte ich. Wo hast Du gewohnt, sagte Mila. Bei meinem Onkel, sagte ich. Warum hast Du nicht angerufen, sagte sie. Bist Du wegen mir wieder da. Rauchst Du, sagte ich. Nicht mehr, sagte sie, seit fast einem Jahr. Gib mir eine. Wir standen und qualmten. Was machen die da am Supermarkt, sagte ich. Da ist Streik, sagte Mila. Üble Burschen. Manchmal stecken sie Holzpaletten in Brand. Oft kommt Polizei. Die Typen sind unheimlich. Sie lauern im Hauseingang, versperren mir den Weg und pfeifen mir nach. Ab jetzt beschütz ich Dich, sagte ich. Mila lächelte. Ich strich ihr einige Haare aus der Stirn. Warum lachst Du, sagte ich. Mich beschützen, sagte sie. Du bist doch der mit der Scheißangst. Kurzer, trockener Kuss auf die Lippen. Ich schloss sie in meine Arme. Ganz fest. Arbeitest Du noch, sagte ich. Klar, sagte Mila. Jeden Tag. Abends geh zu meinem Vater ins Heim. Welcher Vater, sagte ich. Was soll das, sagte sie. Mein Vater eben. Du hast mir nie von ihm erzählt, wirklich nicht, sagte ich. Dann weißt Du's jetzt, sagte sie und lehnte sich zurück. Entspannung. Wir standen so dicht. Nichts passte zwischen uns. Wirst Du bleiben, sagte Mila. Ich muss, sagte ich. Bei uns haben sie eingebrochen. Als wir geschlafen haben. Die Bullen haben die Bude versiegelt. Muss jetzt sehen, wo ich bleibe. Mila löste sich aus meiner Umklammerung und fing heftig an zu weinen. Deswegen, flüsterte sie und schüttelte den Kopf. Deswegen, brüllte sie und schlug mit ihren kleinen Fäusten auf meine Brust ein. Du brauchst nur einen Platz zum Pennen. Komm, sagte ich und streichelte ihr Haar. Sie beruhigte sich und nahm noch eine Zigarette. Die Streiker vor dem Supermarkt hatten plötzlich Pistolen. Sie ballerten wie wild in alle Richtungen. Nur Schreckschuss. Die Leuchtkugeln verfehlten uns knapp. Sie verglühten über unseren Köpfen. Wir flüchteten vom Balkon. In der Ferne schon die Sirenen der Polizei. Gut, dass Du da bist, sagte Mila. Holst Du was zu essen, sagte ich.

Alles roch nach Sommer. Obwohl noch nicht mal Ostern war. Ich ging eine Runde durchs Viertel. Alles lupenrein saniert. Die Fenster standen auf, in Scharen hockten die zu früh zurückgekommenen Vögel auf den Bäumen und zeterten. Kleine Blumen durchstießen den Rasen und reckten ihre Köpfe zur Sonne hin. Ein einziger Frost nur, und der Spaß ist vorbei. Aus den offenen Fenstern drang der Geruch von Gekochtem; Kohl, Rollbraten, Klöße. Vermutlich war Samstag. Ich ging in den Park und klaubte den Müll der Nacht auf. Alte Windeln. Verschimmelte Brote in Alufolie. Gammeliges Obst. Wenn ich dieses Schwein kriege, dachte ich. Die Polizei hatte den Supermarkt weiträumig abgesperrt. Mila würde das beruhigen. Ich setzte mich auf die Bank und rauchte. Auf dem Weg zurück zur Wohnung stellte sich mir ein Polizist in den Weg. Er wollte meine Personalien. Ausweis hab ich nicht, sagte ich. Was arbeiten Sie, sagte er. Hab geerbt, sagte ich. Haben Sie was mit denen da zu tun, sagte er, und zeigte in Richtung des Supermarkts. Nichts, sagte ich. Weiß nicht, was die wollen. Mit der Adresse meines Onkels gab sich der Polizist zufrieden und zog ab. Ich würde nicht bleiben. Mila hin oder her.

Die Monate vergingen.

Mila hatte mir einen Schuhkarton gegeben. Prallvoll mit ausgeschnittenen Zeitungsartikeln. Neue Fischart im Amazonas entdeckt. Das lustige Leben der Pandabären. Sieben Möglichkeiten, den Kolibri zu fotografieren. Sie hatte während meiner Abwesenheit lauter Artikel über Tiere ausgeschnitten und gesammelt. Sie musste viele Abende dafür gebraucht haben. Ich würde bei ihr bleiben.

Unter der Woche ging Mila arbeiten. Sie machte Fotos für ein Anzeigenblatt. Manchmal blieb sie Tage weg und sagte mir nicht, warum. Bestimmt war sie bei ihrem Vater. Ich beschäftigte mich vor allem mit einer Lösung für den Park. Jeden Morgen sammelte ich den über Nacht verteilten Unrat ein. Während ich im Viertel herumlief, legte ich mir einen Plan zurecht: Irgendwann würde ich die Nacht durchmachen und den Typen fertigmachen. Schluss mit dem Müll. Hast Du was von Deinem Onkel gehört, sagte Mila. Das erste Wort seit Wochen. Wir schliefen nur noch miteinander. Ich flüsterte ihr ins Ohr, was man so flüstert. Ich umarmte sie. Also, sagte sie. Hast Du was gehört. Die Wohnung ist immer noch versiegelt, sagte ich. Sie haben was gefunden. In den Schränken. Sie sagen uns nicht, was. Und der zuständige Kommissar ist krank. Sie stieß mich von sich. Wie lange wollen die Eure Wohnung noch durchsuchen, sagte Mila, muss doch endlich Schluss sein. Mila brach in Tränen aus. Sie weinte sich die Seele aus dem Leib. Ich tröstete sie: Sollen wir in den Zoo gehen. Was anderes fiel mir nicht ein. Sie nickte. Mit verweinten Augen lief Mila neben mir her. Ich legte meinen

Arm über ihre Schulter. Der Weg war beschwerlich. Überall Kontrollen. Polizisten mit Sonnenbrillen und Kampfmontur standen am Straßenrand, rauchten ihre selbstgedrehten Zigaretten und beäugten uns. Mila drängte an mich heran. Keine Angst, sagte ich. Das Viertel war abgeriegelt. Der Streik hatte sich auf alle Supermärkte in der Stadt ausgedehnt. Dass noch niemand gestorben war, seltsam.

Es hatte angefangen zu schneien. Mila wurde ausgelassen und versuchte, mir die Flocken aus den Haaren zu pflücken. Im Zoo kauften wir uns ein Eis. Dann gingen wir zu den Bären. Früher hatten wir sie jede Woche besucht. Auf einer Plakette am Gehege stand, dass sie aus einem kleinen Wanderzirkus kommen. Tanzbären an der Kette. Sie standen nebeneinander im Gehege und schliefen nie. Sie machten immer dieselbe Bewegung. Jeder für sich. Alle miteinander. Der Bärentanz ging so: Tatze heben. Mit dem Oberkörper eine halbe Drehung nach links und zurück, kurz stehen. Und von vorn. Selbst beim Fressen. Sie vermehrten sich nicht. Sie kämpften nicht miteinander. Geht ihnen nicht besser, sagte ich. Sie weben ewig, sagte Mila ernst. Einen Moment lang liebte ich sie. Ich strich ihr die Haare hinters Ohr und wir küssten uns. Was für ein waches, hübsches Gesicht. So eine Frau, dachte ich, triffst Du nie wieder. Wir liefen Hand in Hand. Der Schneefall hatte aufgehört. Wir setzten uns in den Schatten der Giraffen und rauchten. Ich nahm Milas Hand und strich an ihren einzelnen Fingern entlang. Mila wurde ernst: Mir wäre lieber, sagte sie, wenn Du gehen würdest. Kleine Tränen rannen ihr über die Wangen. Was soll das, sagte ich. Warum. Ich kenne Dich. Sie schnäuzte sich lautlos, stand auf, verschwand. Als Mila nicht mehr zu sehen war, ging ich zurück zu den tanzenden Bären. Ich setzte mich hin und sah zu. Vor Einbruch der Dunkelheit wollte ich wieder in der Wohnung sein. Am Kiosk kaufte ich mir eine Flasche Bier und trank sie leer. In einem Zug. Ich feuerte die leere Pulle quer über eine Brache. Nur noch Brandmauerreste eines Wohnhauses. Die Flasche zerschellte. Von den Bäumen ringsum flogen die Vögel auf und flatterten wirr umher. Leiser Schnee fiel. Traf auf den Boden und verschwand. Hier war nicht mein Platz.

Die Monate vergingen.

Ich verließ mein Zimmer nicht mehr. Mein Onkel hatte angerufen: gefährlicher Schimmel, die Entdeckung der Polizei. Nun musste die Wohnung trockengelegt werden. Das dauerte. Der einzige Spezialist weit und breit: verreist. Mila schaute manchmal zur Tür herein, sah mich ausdruckslos an. Ich blieb den ganzen Tag über liegen. In den Nächten kam sie manchmal in mein Zimmer. Danach ging es uns besser, wir machten Witze und schliefen ein. Arm in

Arm. Draußen war die Lage unübersichtlich geworden. Angeblich hatten sich die Streikenden geeinigt. An einem Tag hieß es, der Arbeitskampf wäre vorbei. Am nächsten brannten doch wieder die Barrikaden. Mila musste manchmal stundenlang durch die Stadt fahren, um Lebensmittel für uns zu kaufen. Sie stellte mir den Teller vor die Tür, klopfte an und verschwand. Ich dachte manchmal: Unsere Liebe hat keinen Sinn mehr. Einzig und allein der Müll im Park hielt mir die Treue. Jeden Morgen. Wenn ich das Schwein erwische.

Mitten in der Nacht. Plötzlich eine Hand an meinem Kopf. Mila war es nicht. Ein Mann, eindeutig. Ich rührte mich nicht. Tat kein Auge auf. Die Hand fuhr durch mein Haar, berührte meine Arme. Tastete mich ab. Mehr nicht. Schlurfende Schritte. Ein schweres Atmen und Räuspern. Das Schließen der Tür. Ich zitterte am ganzen Leib. Bis zum nächsten Morgen. An der Wohnungstür Milas üblicher Zettel: Bin arbeiten und küsse Dich. Ich bekam einen Schrecken: In der Küche saß ein alter Mann. Gut angezogen. Er beugte seinen Oberkörper vor und zurück. Zwischendurch ein schweres Atmen und Räuspern. Ich ging um ihn herum, lächelte. Keine Reaktion. Sprach ihn laut an. Sein Blick blieb leer. Er schwankte nur vor und zurück, immer wieder. Man konnte ihn sogar anfassen. Er wehrte sich nicht. Ich beobachtete das Spielchen. Dann setzte ich mich hin und sah ihn an. Keine fünf Minuten, und ich schwankte auch. Immer vor und zurück.

Als Mila von der Arbeit kam, stellte ich sie zur Rede. In der Küche. Vor den Augen ihres schwankenden Vaters. Du hättest mir das sagen können, sagte ich. Die paar Tage, sagte sie. Er hat mich zu Tode erschreckt, sagte ich. Das macht er manchmal nachts, sagte Mila. Den Rest der Zeit webt er. Aha, sagte ich. Er wacht auf und weiß nicht, in welchem Bett. Also sieht er sich um. Gib ihm mein Zimmer, sagte ich. Trinken wir Wein, sagte Mila. Wir liebten uns in der Küche. Die Kleider über den Boden verteilt. Wie wir waren. Mitten in der Küche, auf den harten Fliesen. Die Augen ihres Vaters offen.

Ein Jahr war vergangen.

Musste Mila arbeiten, sah ich nach ihrem Vater. Meine Ängste wurden weniger. Der Streik war beendet. Langsam nahm der Supermarkt seinen Betrieb wieder auf. Ich stand in Hose und Sakko auf dem Balkon und sah den Lieferanten zu. Sie luden fröhlich Obst und Gemüse aus und winkten mir zu. Ohne Grund. Ich verließ das Zimmer. Mila hatte sich ein schwarzes Kostüm angezogen. Sah hinreißend aus. Die letzten Tage hatte sie gut weggesteckt. Man hatte damit rechnen müssen. Ich nahm Mila in den Arm. Die Dinge sind so, sagte ich. Wir küssten uns lang. Komm, sagte ich, wir sind schon spät. Ich geh allein, sagte sie, wirklich. Ich schaff das schon. Soll ich was kochen, sagte ich. Mila nickte, warf mir einen Kuss zu und verschwand. Ich packte meine wenigen Sachen zusammen, stopfte sie in den Rucksack und rief ein Taxi. Fünf Minuten später war es da. Zum Bahnhof, sagte ich. Bevor wir losfuhren, warf ich einen letzten Blick in den Park. Auf den Kanten der Mülleimer hockten Krähen, steckten ihre schwarzen Köpfe hinein, zogen den Müll raus, zerzupften ihn mit ihren Schnäbeln und verteilten den Unrat über den Boden. Krähen. Nichts als Krähen.

Dem Schliff sein Tod

Und Frau Jung wartete auf die aufgehende Sonne, sie hatte keine andere Wahl. Und Herr Jung pflanzte im Mondlicht Geranien, in seiner alten Uniform. Und Schliff hatte auf einem Feuerwehrfest zu viel getrunken und träumte gewalttätig. Und irgendwo wurde geklingelt und geöffnet und alles nahm ein schlechtes Ende. Die ganze Welt: nurmehr Verrichtungen, denen die Regeln abhanden gekommen waren.

Sie haben vier Beine und jeweils eine Schnauze, hatte Schliff gesagt, ansonsten gleichen sie sich wie ein Ei dem anderen. Haben Sie das. Woche für Woche klapperte er per Telefon die Behörden ab, Tierheime, Polizei, Ordnungsamt, in seiner Stadt, in den Nachbargemeinden, nichts. Sagte jemand: Herr Schliff, verflucht noch eins, wir geben Ihnen drei Köter gratis, wenn Sie nicht mehr anrufen, wahrscheinlich sind die Hunde, die Sie suchen, schon längst am anderen Ufer, antwortete Schliff: Würden Sie mir das versprechen, auf Gedeih und Verderb, schriftlich, urkundlich und eidesstattlich, dann wurde meist gleich aufgelegt.

Es klingelte an der Tür. Schliff schreckte hoch und fasste sich an den Kopf. Er hatte einen Kater, seine Nase war bräsig und der Geschmack im Mund eisern. Er tastete nach seiner Stirn, er musste sich gestoßen haben und dann mit seinem plumpen Körper direkt auf der Matratze gelandet sein. Er stand auf, stolperte seinen Slalom durch die übervollen Umzugskisten und sah in den Spiegel im Badezimmer. Es klingelte, er träumte nicht. Auch er hatte von diesem irren Kocher gelesen, der über die Dörfer fuhr, an einer Tür nach der anderen klingelte und die Öffnenden erschlug, um danach seelenruhig in sein Auto zu steigen und abzudampfen. Es gab keine gesicherten Spuren, nichts. Schliff trocknete sich ab, ging zur Tür und öffnete, ohne durch den Spion gesehen zu haben. Und wenn schon.

Huber, sagte der Alte, und schob seinen Werkzeugkasten mit dem Fuß zur Tür herein. Noch im Unterhemd, sagte Schliff. Da sind wir endlich, rief jemand hinter Huber und lachte, Schliff lachte auch. Nur Huber lachte nicht, er drückte Schliff zur Seite und drängte in den Flur.

Schliff wohnte als Eigentümer im Haus und wartete. Er wartete darauf, dass die Hunde zurückkamen. Ein Versprechen, leicht gesagt. Als man die Vorbesitzer fand, waren die Hunde in Panik in den Wald geflohen und verschwunden. Das war Schliffs Verabredung mit sich selbst: Ich bleibe so lange, bis die Hunde wiederkommen. Sind es gute Hunde, kommen sie wieder. Und schlechte Hunde sind es nicht. Bei diesen Herrchen.

Schliff duldete das Ehepaar Jung, ohne den Behörden von den Zuständen zu berichten. Im Fenster der Einliegerwohnung stand seit einigen Jahren der Weihnachtsbaum, dessen Kerzen Frau Jung jeden Abend anzündete und, waren sie abgebrannt, erneuerte. Jeden Tag, das ganze Jahr hindurch. Es stimmt da und da und da nicht mehr, hatte Frau Jung gesagt und mit dem dürren Finger auf verschiedene Stellen ihres Kopfes gezeigt, als sie zum ersten Mal mit Schliff beim Kaffee zusammensaßen. Herr Jung war ein Rätsel, je älter er wurde, desto weniger sprach er. Frau Jung war ein offenes Buch, ihr Niedergang ein einfach gestricktes Kapitel. Anfangs war Schliff froh gewesen, die Wohnung so schnell vermietet zu haben. In Gesellschaft zu sein. Anfangs war er glücklich gewesen, sich um Herrn und Frau Jung kümmern zu können. Ihnen Essen zu bringen. Darauf zu achten, dass sie genug tranken. Dass die Herdplatten über Nacht kalt blieben. Dass sie sich wuschen, wenn sie sich waschen mussten. Schliff war froh gewesen. In Ablenkung zu sein.

Das wurde aber auch Zeit, sagte Schliff, hab schon Tage auf Sie gewartet. Schöne Bescherung. Huber schob seinen Hiwi vor sich her, einen Jungen mit dicker, blau getönter Brille. Die Handwerker sind da, rief er und kicherte. Und Du bist sicher, dass es hier war, flüsterte Huber ihm ins Ohr. Schliff lief ihnen hinterher, die Kolonne stolperte mit jedem Schritt über die Umzugskartons, im größten Raum des Hauses kam sie zum Stehen. Können Sie unsere Schuhe trocknen, sagte Huber und hatte seine schon ausgezogen. Die sind nämlich ganz schön nass, Herr Schliff, sagte sein Hiwi. Schliff umtänzelte vorsichtig die Handwerker, nahm ihnen die Schuhe ab und legte sie auf die Heizung, seit Wintern außer Betrieb. Guck sich einer die Sauerei an, sagte Huber. Er knuffte Schliff heftig in die Seite, zeigte mit dem Finger umher im großen, kahlen, untapezierten Raum, der ein Wohnzimmer hätte sein können. Die Wände: von einer schwarzen Schicht überzogen, die Muster bildete wie die Landkarte eines unentdeckten Staates, wie der deformierte Kopf eines unentdeckten Tieres. Huber und sein Hiwi hatten sich auf das alte Sofa fallen lassen, legten die Füße hoch und begutachteten ihre nassen Socken. Der Hiwi packte die Thermoskanne aus und kleckerte beim Einschenken den Teppich voll. Gemütlich, Herr Schliff, rief er, bei Ihnen ist es gemütlich. Jetzt aber los, sagte Schliff, und die Handwerker sprangen auf. Ihre Schuhe stehen auf der Heizung, sagte Schliff. Wenn Sie was brauchen, ich bin nebenan. Huber und Hiwi sahen sich an. Dann wandte sich Huber zu Schliff: Das machen wir nicht einfach so. Bei diesem Zeug an der Wand können wir nicht arbeiten. So ein Automat: von außen ein robustes Teil, nicht kaputt zu kriegen, aber im Innersten sehr empfindlich. Lassen Sie Ihre Faxen, sagte Schliff. Fangen Sie an. Legen Sie die Wände trocken. Machen Sie mich frei von diesem schwarzen Elend, bevor ich krepiere. Es roch nach Schweiß, aber keiner wusste, wer es war. Huber atmete durch. Schliff atmete durch. Der Hiwi kicherte wie über einen blöden Witz. Schnauze, Gogo, sagte Huber, kraulte sich ungeduldig den Bart, stellte seinen Werkzeugkasten ab und zog den Prospekt aus dem Blaumann. Hier, sagte Huber, das ist Ihr Kaffeeautomat. Ich sage es Ihnen ganz ehrlich: Den stellt sich kein Privater in die Bude. Der ist ab fufzig Leuten Belegschaft. Aber Auftrag ist Auftrag. Sie könnten hier ja noch ein Büro einrichten, dann lohnt sich der Apparillo, rief der Hiwi. Gucken Sie nicht so blöde, sagte Huber. Sie wussten, was kommt. Schliff nahm den bunten Prospekt und begutachtete ihn von allen Seiten. Keine Wände, sondern ein Kaffeeautomat, sagte Schliff.

Eine Zeit lang nahmen Herr und Frau Jung Schliff

im Auto mit und suchten die Umgebung nach den Hunden ab, es blieb ohne Ergebnis. In dieser guten Zeit hatte Schliff noch mit ihnen die Abende verbringen können. Meist vor dem Fernseher, mit den Serien aus den 70ern. Herr Jung sprach schon damals nicht mehr viel. Mit Frau Jung unterhielt sich Schliff ausgezeichnet. Über die Fortschritte der Hirnchirurgie. Frau Jung hatte mal gelesen, dass es für jedes Gefühl einen Balken im Kopf gibt, den man nur durchschneiden muss, damit es weg ist. Natürlich, sagte sie, darf man nicht zu viele Balken durchschneiden, wegen dem Gleichgewicht. Stellen Sie sich das doch mal vor, Herr Schliff, da kommt einer und schneidet den Balken für die Angst durch! Man rennt vor fahrende Autos oder springt von Brücken, weil man nicht mehr weiß, wie die Angst geht. Stellen Sie sich das doch mal vor. Später erinnerte sich Schliff noch oft an die Abende bei Herrn und Frau Jung; Chips, Würmer und Kekse und Frau Jungs Erzählungen von Dingen, die sie noch nichts angingen. So lange, bis sich bei ihr und ihrem Mann selbst die Balken bogen.

Ich habe keinen Kaffeeautomaten bestellt, und ich habe auch keine Belegschaft. Ich habe nach jemandem gerufen für die Rettung der Wände, sagte Schliff und zupfte bedrohlich sein Unterhemd zurecht, während der Alte bedrohlich den Werkzeugkoffer mit dem Fuß hin- und herschob, immer hin und her. Gogo, sagte Huber, hol sofort den Schrieb aus dem Wagen. Der Hiwi setzte sich in Bewegung, Schliff und Huber blickten einander belauernd an. Huber sah: einen alleinstehenden, unrasierten, dicken Mann um die dreißig, in Unterwäsche, Haltungsschaden. Der nach Alkohol stank, aber nicht so aussah wie jemand, der jeden Tag trinkt. Damit kannte sich Huber aus. Schliff sah: einen äußerlich gepflegten, gut gescheitelten Alten mit Doppelkinn und kleinem Bart im Blaumann, um die sechzig vermutlich, ein Kerl wie ein Baum, wahrscheinlich vom Schleppen. Der nicht nach Alkohol stank, aber so aussah wie jemand, der jeden Tag trinkt. Damit kannte Schliff sich aus. Sie sahen einander in die Augen. Hubers Blick sagte: Wenn ich will, mach ich Dich platt. Schliffs Blick sagte: Wenn Du mich platt machen willst, dann mach. Sie gingen noch einen Schritt aufeinander zu. Huber holte Luft. Schliff holte Luft. Da stolperte der Hiwi zurück in den Raum. Da steht es, rief er. Huber nahm den Wisch und reichte ihn Schliff. Auftragsbestätigung, sagte Huber. Das wird teuer. Pauschale für die Anfahrt, halber Tag für zwei Mann, Leistungsausfall. Ich werde das überprüfen, sagte Schliff.

Irgendwann, hatte Schliff zu der Frau, die er liebte, gesagt: Irgendwann liegt das hinter uns. Dann fangen wir neu an. Wenn Du willst, hatte Schliff gesagt, vergessen wir das alles. Die Hunde, die Stadt, die Angst. Wir nehmen den Opel und fahren weg. Ans Meer. Kleine Wohnung, viel mit Holz, Fenster mit Blick. Für Herrn und Frau Jung lassen wir uns was einfallen. Betreutes Wohnen. Ich such mir Arbeit, Fremdenführer. Durchs Wattenmeer, durch die Vogelschutzgebiete, alles kein Thema. Und die Frau hatte ihn angesehen und gesagt: Schliff, das wäre schön, und hatte ihm kein Wort geglaubt.

Schliff war nach nebenan gegangen, um den Sachverhalt zu überprüfen. Huber und sein junger Hiwi schwiegen. Meister, sagte der Hiwi. Ja, Gogo. Ob Gott auch in den Wänden wohnt? Gogo, sagte Huber, hol die Werkzeuge.

Der Ordner mit den Unterlagen quoll über; in den letzten Jahren hatte Schliff die Briefe und Dokumente ungelesen hineingeworfen. Er suchte zwischen Sterbeurkunden, Telefonrechnungen, Quittungen nach einem Beweis. Wieder blieb er an den Bildern aus seiner Kindergartenzeit hängen, die in einer Ecke im Flur Jahrzehnte vergessen worden waren. Ein Elefant, unter den eine Erzieherin Hund geschrieben hatte. Ein Hund, unter den die Erzieherin Fabeltier geschrieben hatte. Ein Fabeltier, unter das die Erzieherin Selbstporträt geschrieben hatte. Ein ungeöffneter Brief. Sehr geehrter Herr Schliff. Wir freuen uns, dass Sie sich für unseren vollautomatischen Kaffeezubereiter für den mittelgroßen Betrieb entschieden haben. Bitte ermöglichen Sie der von uns beauftragten Firma am Tag der Aufstellung Ihres vollautomatischen Kaffeezubereiters für den mittelgroßen Betrieb Zugang zu Ihrem Betrieb. Sollten Veränderungen an den Wasseranschlüssen notwendig sein, kalkulieren Sie bitte für die Aufstellung mehrere Tage ein. Mit freundlichen Grüßen. Ihr Hersteller des vollautomatischen Kaffeezubereiters für den mittelgroßen Betrieb.

In seiner Verzweiflung hatte Schliff Fahndungsplakate gebastelt, und tatsächlich hatte sich jemand gemeldet. Der Typ wollte Geld, viel Geld: Ich pflege Ihre Hunde seit Jahr und Tag, sagte er, ich habe mich für sie aufgeopfert, das kostet. Sie hatten sich bei Einbruch der Dunkelheit auf einem verlassenen Parkplatz an der Talsperre getroffen. Der Typ wollte noch mehr Geld als abgemacht. Schliff zahlte und nahm die Hunde, obwohl er schon im ersten Moment sah, dass es die falschen waren. Dass sie den Hunden, die er suchte, in keiner Weise ähnlich waren. Zwei Tage lebten sie bei ihm und lungerten kraftlos auf dem Sofa herum. Dann fingen sie an zu husten, kriegten keine Luft mehr und starben, Schliff hatte keine Chance.

Huber stemmte die Arme in die Hüfte. Stellen Sie

ihn auf, sagte Schliff. Aber nicht hier, stellen Sie ihn nebenan auf, da sind die Wände noch nicht schwarz. Aber Herr Schliff, sagte Huber. Wir können das auch unter der Hand regeln. So zweihundert und eine warme Mahlzeit pro Kopf. Aufstellen, sagte Schliff. Bestellt ist bestellt. Huber versuchte, Schliff zu überzeugen: Wir fahren wieder ab und tun so, als wäre nichts gewesen. Ich verklickere das den Kollegen schon. Am Ende sind die schuld und Sie aus dem Schneider. Ich sagte doch, sagte Schliff, fangen Sie an. Bauen Sie meinen Kaffeeautomaten auf, deshalb sind Sie ja hier. Schliff wollte seiner Forderung Nachdruck verleihen und holte tief Luft, verschluckte sich und musste heftig husten. Er fühlte seine beschädigte Lunge. Früher war er noch regelmäßig zum Turnen gegangen, um in Form zu bleiben. Aber die Zeit der Turnübungen war vorüber; mittlerweile ging es für Schliff um alles.

Hast Du schon gehört, sagte Frau Jung zu ihrem Mann, ein irrer Kocher. Herr Jung sagte nichts. Er geht von Haus zu Haus und haut den Leuten auf den Kopf, und keiner weiß, warum. Herr Jung sagte nichts. Ich weiß aber schon, wie wir uns den Kocher vom Hals halten, sagte Frau Jung. Wenn es klingelt, dann geht uns das nichts an, sagte Frau Jung. Herr Jung sagte nichts. Dann bleiben wir einfach sitzen und warten, bis keiner mehr klingelt. Ist das nicht gut, sagte Frau Jung, dann kommt der Kocher nicht zu uns rein. Herr Jung stand auf, zog seine Uniformjacke glatt und brüllte los: Wenn es klingelt, dann wird geöffnet, damit das endlich klar ist. Wer klingelt, schrie Herr Jung, muss reingelassen werden. Das war so und das bleibt so.

Huber nahm einen kräftigen Schluck aus dem Flachmann. So ein Quatsch, sagte er, das Ding lohnt sich erst ab zehn Kannen am Tag, ein Jahr lang zehn Kannen am Tag, dann haben Sie die Kohle drinnen. Schliff konnte kaum atmen, er verfluchte den schwarzen Belag an den Wänden. Machen Sie einfach, keuchte Schliff, Auftrag ist Auftrag. Das dauert wenigstens drei Tage, sagte Huber. Wir müssen die Wände aufstemmen und an die Leitungen, allein das Ding reinzuhieven und aufzustellen braucht einen Tag, einer für die Wand und fürs Anzapfen, und dann müssen wir's noch probieren, wegen der Hygiene und so. Gut, sagte Schliff, dann dauert es eben so lange. Und so ein vollautomatischer Kaffeeautomat für den mittelgroßen Betrieb ist ja auch eine feine Sache, rief der Hiwi. Schliff mochte den Jungen mit der dicken Brille. Wo schlafen Sie denn, sagte Schliff, wollen Sie hierbleiben. Schon in Ordnung, sagte Huber, wir sind ordentliche Handwerker auf Montage und schlafen im Motel am Tunnel, kennen Sie das. Vom Sehen, sagte Schliff, früher war das mal der Kindergarten. Und dann das Krematorium. Deshalb ist es da so warm, rief der Hiwi, und Huber gab ihm einen Schlag in den Nacken, der sich gewaschen hatte.

Manchmal setzte Schliff den alten Opel aus der Garage und fuhr und fuhr und fuhr. Durch die Wälder, hupend, wie ein Irrer. Quer über die Dörfer, so lange, bis er in eines kam, das er nicht mehr kannte, bis er in einer noch offenen Gaststätte so viel Bier getrunken hatte, dass er sich traute, im Auto auf dem Seitenstreifen der Hauptstraße zu schlafen. Manchmal fuhr er in einer Nacht bis ans Meer. Erinnerungen wie Möwen. Im Kopf die kleinen Zimmer. Als er ein Junge war. Immer wieder. Als er ein Junge war. Und die Hunde. Kam er von den Reisen zurück, dachte er, jetzt würde alles anders. Er suchte sich Kontaktanzeigen raus. Er hatte auf dem Papier viel vorzuweisen: Akademiker mit Metropolenerfahrung, allein seine Angst, die stand nicht auf dem Papier.

Haben Sie vom irren Kocher gehört, Meister, sagte der Hiwi, während sie die sperrigen Teile für den Automaten in die Wohnung schleppten und die Vorschlaghämmer, Bohrmaschinen und anderen Geräte zur Öffnung der Wand drapierten. Ist das Böse, Meister, schon im Denken der Menschen.

Schliff lag im lauwarmen Wasser der Badewanne. Er müsste endlich wieder nach Herrn und Frau Jung sehen. An jeder Ecke der Wohnung gab es Notfallknöpfe, stille Alarme, Bewegungsmelder, die direkt mit den Rettern von Land und Staat verbunden waren, und dennoch. Zweimal die Woche kam jemand zum Baden, eine Pflegekraft, die für Ordnung sorgte. Herr Jung war kein Problem. Herr Jung konnte wochenlang im Bett liegen und die Decke anstarren, es tat seinem Glück keinen Abbruch. Frau Jung hingegen geriet von Tag zu Tag, je älter sie wurde, mehr unter Druck. Als hätte sie alles, was jemals auf der Welt vergessen worden ist, ganz allein zu verantworten. Sie kriegte die alten Erinnerungen in den falschen Hals. Jeden Tag räumte sie die Schränke aus und füllte Kartons und Wäschekörbe, unaufhörlich dachte sie: Gleich kommt der Umzugswagen. Gleich stehen die neuen Mieter vor der Tür. Gleich haben wir keine Wohnung mehr. Herr und Frau Jung und ihr Verhältnis zur Welt: Er vergaß sie, während sie ihr regelrecht unter dem Arsch brannte. Verzweifelt klingelte sie manchmal bei Schliff und fragte nach mehr Kartons, wollte ihm ihr ganzes Hab und Gut schenken. Er kannte sich aus, gab ihr eine Zigarette und beruhigte sie, er beruhigte sie, und das beruhigte ihn.

Schliff war gerade in der Badewanne eingeschlafen, als die Fliesen scharenweise von den Wänden splitterten und auf seinen Kopf knallten; Speis und Kitt im wenig blutigen Wasser landeten. Er sprang auf und trocknete sich ab, zog sich Unterhose und Unterhemd an und sah nach. So ein Blödmann, sagte Huber. Lass mal sehen, sagte Schliff. Der Junge hatte eine kleine, aber tiefe Wunde in der Hand. Da muss ein dickes Pflaster drauf, sagte Huber, das ist Standard. Haben Sie welche. Ich bin gleich wieder da, sagte Schliff. In der Wohnung von Herrn und Frau Jung stank es bestialisch. Der Kühlschrank stand offen. Der Fernseher dröhnte auf voller Lautstärke. Er fragte sich, ob das nicht zu weit ging. Frau Jung saß im Sessel und rauchte. Tag, Frau Jung, sagte er. Frau Jung schreckte hoch. Sind Sie ein Kocher, fragte sie und hielt ihre brennende Zigarette bedrohlich nah an Schliffs Gesicht. Ich bin Ihr Vermieter, sagte Schliff, und Frau Jung schien sich zu erinnern und sank beruhigt zurück. Das heißt, wir müssen nicht raus, sagte sie. Nein, sagte Schliff, Sie können bleiben. Auf dem Bildschirm wurde gerade einem Mann mittels einer Axt der Schädel erst gespalten und dann abgetrennt, während es im hinteren Teil des Zimmers schon lichterloh brannte. Och, sagte Frau Jung, naja. Sagen Sie, Frau Jung, haben Sie ein Pflaster. Ruhe, rief Frau Jung, sonst können wir den Film auch ausmachen. Schliff wollte im Badezimmerschränkchen suchen. Herr Jung stand in Paradeuniform unter der Dusche und salutierte. Tag, Herr Jung, alles in Ordnung. Natürlich, sagte Herr Jung, gleich geht die Parade los. Schnell duschen und losmarschieren. Dann sollten Sie sich vorher ausziehen, die Tür abschließen, und vor allem: Wasser aufdrehen, sagte Schliff. Donnerwetter, junger Mann, sagte Herr Jung, Donnerwetter. Schliff fand keine Pflaster. Und wir müssen wirklich nicht raus, sagte Frau Jung, als Schliff die Wohnung verließ. Nur über meine Leiche, sagte Schliff. Dann bin ich ja froh, sagte Frau Jung, gerade explodierte ein Hochhaus.

Der Hiwi hatte sich derweil selbst geholfen, eins von Schliffs Hemden zerrissen und sich aus den Fetzen einen Druckverband gemacht. Zeig mal, sagte Schliff und sah sich die Wunde an, die zu den Rändern hin schon anfing zu heilen; zartrosa. Haben Sie Zigaretten, fragte der Hiwi. Sie gingen vor die Tür. Warum wohnen Sie so provisorisch, sagte der Hiwi. Ich warte nur, sagte Schliff. Auf wen, sagte der Hiwi. Auf die Hunde, sagte Schliff. Wie lange sind sie schon weg, sagte der Hiwi. Schliff antwortete. Herr Schliff, sagte der Hiwi. Darf ich Sie was fragen. Was Du willst, sagte Schliff. Ist die Angst ein kleines oder ein großes Tier. Wohnt sie in einem Haus. Oder im Wald. Mir wird kalt, sagte Schliff.

In ihrem letzten schönen Winter hatten Herr und Frau Jung morgens bei Schliff geklingelt, als es gerade hell geworden war. Sie fragten, ob er nicht Lust hätte, mit ihnen zu kochen, eine Suppe mit frischen

Kräutern. Sie kamen manchmal auf solche Ideen. Und Schliff war sofort dabei. Er wusste um die Kostbarkeit dieser Momente. Sie hatten im Garten unter dem Schnee nach Brauchbarem gesucht. Dann fing Herr Jung an, einen Schneemann zu bauen, und Frau Jung und Schliff machten mit. In ihrer guten Kleidung. Denn in dieser Zeit trug Schliff noch Stoffhosen und Hemden, außerdem ein altes Cordjackett. Auch die Jungs sahen noch nach was aus. Man hätte mit ihnen über den Markt gehen können, man hätte glauben können, ein gut gekleideter Mann begleitet seine Eltern über den Wochenmarkt und kauft Blumen und Fisch, was für ein feiner Kerl.

Am nächsten Morgen stand Schliff früh auf und ging zum Metzger. Er kaufte zwei Kilo Mett und eine Tüte Brötchen vom Vortag. Hast Du gehört, sagte der Metzger, der Tod kommt näher. Vorgestern war er drei Dörfer weiter. Sie suchen ihn überall. Haben den Tunnel gesperrt mit allem Pipapo. Keine Spuren, wie immer.

Schliff frühstückte mit Huber und dem Hiwi lang und ausgiebig. Das Mett schmeckt aber lecker, rief der Hiwi, und Huber murmelte zustimmend. Wie geht es Deiner Hand, sagte Schliff. Besser, sagte der Hiwi. Gogo ist hart im Nehmen, sagte Huber, und ich bin hart im Geben. So läuft der Laden. Alle lachten, dann gingen die Handwerker an die Arbeit. Ich seh noch nichts vom Automaten, sagte Schliff. Die Leitungen, sagte Huber und erklärte Schliff fachmännisch, was sie gestern gemacht hatten, was heute an der Reihe wäre. Schliff nickte. Er hatte keine Angst, wenn die Handwerker in der Nähe waren. Den ganzen Vormittag über ging er den Männern zur Hand. Am Mittag musste Huber dann einen Ort weiter, auf die Schnelle schwarz irgendwas richten. Schliff machte das nichts aus. Er würde sie bezahlen. So stand er mit dem Hiwi vor der Tür und rauchte. Lieber Herr Schliff, jetzt, wo wir allein sind, sagte der Hiwi und stockte. Ja, Junge, sagte Schliff. Der Hiwi trat nervös von einem Bein aufs andere. Von Mann zu Mann, sagte der Hiwi: Ich mag Sie sehr gern. Aber ich muss Ihnen schlechte Nachrichten bringen. Wegen Ihrer Hunde. Lass sein, sagte Schliff und winkte ab. Der Hiwi senkte die Stimme: Ob Ihre Hunde zurückkehren. Ob sie überhaupt noch leben. Nach all den Jahren. Das ist lächerlich, sagte Schliff, was weißt Du denn schon vom Leben! An die Arbeit, Huber ist wieder da. Schliff ging an Huber vorbei. Machen Sie fertig und ziehen Sie die Tür zu, legen Sie mir die Rechnung hin, ich muss weg. Danke für alles. Viel Glück und Segen. Adieu. Huber war verdutzt. Schliff stieg die kalte Luft zu Kopf, er musste heftig husten, setzte sich in seinen alten Opel und raste davon.

Er kannte den Wald. Auch hier hatte er nach den Hunden gesucht. Keine Spuren. Er atmete kräftig ein und aus. Er setzte sich unter einen Baum und dachte nach. Beinahe wäre er dem Hiwi an den Kragen gegangen. Zuletzt hatte die Frau, die er liebte, der Sache auf den Grund gehen wollen. Du machst Dich lächerlich, hatte sie gesagt. Lass mich, hatte Schliff geantwortet, aber die Frau redete sich in Rage: Feige, das bist Du! Zu feige, um einzusehen, dass man die Vergangenheit nicht zurückholen kann. Lass es sein, hatte Schliff gesagt. Du bist kein Mann, Du bist eine Memme, hatte sie gesagt. Schliff hatte versucht, ihr den Mund zuzuhalten. Vergeblich. Ein Muttersöhnchen bist Du, ein verantwortungsloses Stück Mensch. Schliffs Explosion. Er hatte ihr mit voller Wucht eine Ohrfeige gegeben. Entgegen seiner Überzeugungen. Sich entschuldigt, mit allen Mitteln versucht, die Dinge wieder ins Lot zu bringen, aber die Frau, die er liebte, hatte mit Schliff, dem Haus und den Hunden abgeschlossen. Ab da war Schliff allein. Schliff saß an den Baum gelehnt und wartete auf den Untergang der Sonne. Er hatte keine andere Wahl. Er hockte unter dem Baum und weinte sich die Seele aus dem Leib.

Das Ehepaar Jung saß im Wohnzimmer und döste, als es klingelte. Herr Jung sprang auf und wollte zur Tür, aber Frau Jung hielt ihn am Ärmel fest: Bleib hier, sagte sie, lass es klingeln. Hör endlich auf, sagte Herr Jung, es hat geklingelt, und wenn es klingelt, muss man öffnen. Er schlurfte in Richtung Tür. Frau Jung sprang auf und krähte los: Das ist nichts Gutes. Wenn es die neuen Mieter sind, müssen wir raus. Oder stell Dir vor, es ist der Kocher. In ihrer Not warf Frau Jung nach ihrem Mann mit allem, was sie zu fassen kriegte, Aschenbecher, Gläser, Tassen. Herr Jung schüttelte nur den Kopf und rief immer wieder: Wer klingelt, dem wird geöffnet. Das war so und das bleibt so. Er zupfte seine Uniformjacke zurecht, beugte sich leicht nach vorn und sah durch den Türspion. Frau Jung hatte sich die schwere Vase aus der Wohnzimmerecke gegriffen und mit Mühe hochgewuchtet. Sie stand hinter ihrem Mann, bereit zum Schlag, als es erneut klingelte und Herr Jung mit einem schnellen Griff die Türklinke zu fassen bekam.

Huber war völlig betrunken. Sie hätten heute fertig werden können, der Automat stand schon und war angeschlossen, sie mussten ihn nur noch befüllen und die Leitungen prüfen. Gogo, sagte Huber, wir machen Feierabend für heute. Es dämmert schon. Meister, sagte der Hiwi und rückte seine Brille zurecht, glauben Sie eigentlich, der Kocher kennt Freundschaft. Vielleicht mag er Handwerker. Kommt er überhaupt zu uns in Motel. Man hört, er sei in der

Nähe. Gogo, sagte Huber, vor dem müssen wir keine Angst haben. Sieh mich an. Ich bin ein dicker, alter Handwerker, der nichts anderes kann als Kaffeeautomaten für den mittelgroßen Betrieb. Und doch: Ich weiß, was es heißt zu sterben. In diesem Moment brach unten ein Getöse los, als würde das alte Paar die Bude zerlegen. Verschwinden wir, sagte Huber und zog seinen Hiwi so schnell er konnte aus der Wohnung.

Schliff kam erst abends zurück. Er kriegte wieder Luft. Vor der Tür fand er einen Präsentkorb. Eine Karte mit eingedrucktem Text: Sehr geehrte Frau, sehr geehrter Herr. Wir bitten um Entschuldigung für die Verzögerungen. Mit freundlichen Grüßen. Ihr Hersteller des vollautomatischen Kaffeezubereiters für den mittelgroßen Betrieb. Eine kleine Flasche Sekt. Salami aus Osteuropa. Käse in Plastikfolie. Schliff setzte sich vor die Tür und aß den Käse. Dann nahm er die Salami und ging runter zum Ehepaar Jung. Der Weihnachtsbaum brannte nicht. Es war eine stille Nacht. Niemand öffnete. Schliff dachte, er käme zu spät. Er kam zu spät. Er wälzte sich im Bett hin und her und schlief schlecht, wachte dauernd auf, weil der Bewegungsmelder im Garten das Licht einschaltete. Das war immer so, die Tiere, die Natur, der Wind. Aber schon die Ahnung reichte; Schliff meinte, jemanden ums Haus schleichen zu hören. Im

Traum hatte es geklingelt. Er sah aus dem Fenster und entdeckte Huber und den Hiwi im Garten. Sie machten eine Schneeballschlacht. Sie schmierten sich die pappige Masse gegenseitig ins Gesicht; sie verfolgten sich, sie tobten, sie rannten und bauten einen Schneemann. Wie die Kinder. Mein Gott. Schliff öffnete das Fenster und rief sie rauf. Hallo, Herr Schliff, wir sind wieder da, brüllte der Hiwi. Das ist aber schön, rief Schliff zurück. Dann begutachtete er zum ersten Mal bei Tageslicht den Kaffeeautomaten. Ein prächtiges Exemplar. In der Zimmerecke entdeckte er ein sehr kleines Stück schwarzer Wucherung. Es sprang also doch über.

Schon lief der Automat. Zehn Becher pro Minute in der Spitze, rief Huber. Schliff sagte: Lassen Sie mich mal probieren. Huber reichte ihm einen Kaffee aus dem Automaten. Schmeckt gut, sagte Schliff. Also dann, sagte Huber. Also dann, sagte der Hiwi. Also dann, sagte Schliff. Meine Herren, sagte er, Sie werden mir fehlen. Schliff holte die Salami und reichte sie den Handwerkern. Für die großen Mühen. Huber war tief gerührt, stellte seinen Werkzeugkasten wieder ab und schüttelte Schliff dankbar die Hand. Wenn Du willst, sagte Huber, können wir noch was Zusätzliches einbauen. Guck, sagte er, und klappte vor Schliff den Prospekt aus. Das ist der Frischwasser-Spender mit Wasseranschluss. Dauert wenigstens noch zwei Tage, das Teil anzuzapfen. Ich glaube, sagte Schliff, mir reicht der Automat. Dann gehen wir jetzt wohl, sagte Huber. Also dann, sagte Schliff. Also dann, sagte der Hiwi. Also dann, sagte Huber. Da klingelte es. Alle erstarrten. Schliff dachte an den Mann für das schwarze Zeug an der Wand. Warten Sie mal, sagte Schliff. Er strauchelte zwischen den Kartons entlang zur Tür und sah durch den Spion. Erstaunlich. Dann wandte er sich zu den Handwerkern um. Könnten Sie mir bei den Kartons helfen. Sie müssen den Kram nur raustragen. Ich zahle im Voraus. Nichts dagegen, sagte Huber. Schliff reichte ihnen Geld. Nehmen Sie erst die Kartons aus dem gammeligen Zimmer, sagte Schliff, die sollten zuerst raus. Und lassen Sie sich Zeit. Als Huber und sein Hiwi verschwunden waren, atmete Schliff durch. Ausdauerndes Klingeln. Er ging zur Tür und sah abermals durch den Spion.

Unwahrscheinliches Ende.

Gesellschaft

Ein Tag noch, dachte ich, und der Alte schmeißt mich raus. Dann hätte ich dagestanden. Wo ich doch nichts anderes konnte als verkaufen. Als Leute bescheißen. Winziges Grundgehalt, Rest ist Provision. Bei mir war seit Wochen nichts mehr gelaufen, nicht ein einziger Abschluss, nicht mal ne Kleinigkeit, so ne Paar-Kröten-Im-Monat-Sache. Keine Ahnung, woran es lag. Diese Flaute kam und ging, bei mir schien sie sich diesmal wohlzufühlen. Der Alte tut immer so verständnisvoll, aber wenn er ein paar Mal zu oft sagt: Na, wie stehen denn so die Kurse, oder: Hm, lang nichts mehr von Ihnen gehört, kann man sich gleich damit anfreunden, bald den Schlüssel für die Karre abgeben zu müssen. Hab ich schon oft erlebt. Ich stand also mächtig unter Druck. Der Alte selbst gab mir die Liste an diesem Morgen, sonst lag sie immer schon da. Er war ein wirklich schicker Typ, um die sechzig, korrekter Anzug, passende Krawatte, gescheitelte Haare, gut polierte Schuhe. Er gab mir die Liste mit den Adressen, und sagte: Franz, mein

Junge, sehen Sie mal zu. Wir wollen Sie doch nicht verlieren. Sie sehen blass aus. Alles in Ordnung. Mir geht es gut, sagte ich. Zwei kleine Verträge hätten gerade gereicht. Wenigstens einer. Das Beste sind die mittleren. An die großen denke ich gar nicht, die großen schafft keiner. Der Kunde geht ein hohes Risiko ein, man muss alles investieren und immer auf der Hut sein. Natürlich locken sie uns damit: Schafft man ein großes Ding nach Hause, dann ist die Provision so dick, dass man wenigstens zwei Monate gar nicht mehr rausfahren muss.

Angeblich wird man von den Chefs zum Essen eingeladen. Und dabei hat niemand von uns die Chefs der Gesellschaft je gesehen. Der Alte, sagt man, ist auch nur eine kleine Nummer. Und man sagt, sogar die Chefs auf der nächsten Etage sind noch lange nicht die Spitze. Auf den Verträgen unterschreibt eines der hohen Tiere, ein Herr Adam oder Abel. Wo das Geld bleibt, wer verdient und wer nicht, das weiß keiner. Wir sind kleine Lichter.

Mit dem Gerrit, einem anderen Vertreter, war ich mal auf ein Bier in der Kneipe. Wir hatten uns zufällig auf dem Parkplatz getroffen, mit fertigen Verträgen in der Tasche, darauf gönnten wir uns ein Bier. Bis dahin war Gerrit richtig gut dabei gewesen. Als wir so saßen, fing er an, darüber nachzudenken: Die können ihr Geld doch vergessen, das ist weg. Erst geht's gut. Dann gehen sie kaputt. Verlieren alles. Gerrit, sagte ich, vergiss das. Bald war er weg vom Fenster, weil er nichts mehr verkaufte. Wenn Du zu viel denkst, hast Du so was an Dir, wie Du Dich bewegst, wie Du redest. Die Leute merken das und unterschreiben nicht mehr.

Vor dem Gebäude der Gesellschaft sah ich auf die Liste. Fünf Kunden, verteilt auf dreihundert Kilometer. Ich steckte mir eine an. Mir ging es gut. Ungelogen. Nur nicht so viel denken. Ich hatte eine Wohnung. Ich hatte ein Telefon. Ich hatte eine beste Freundin. Ich hatte einen Kumpel. Ich hatte eine Frau. Meine Frau. Sie kam und ging, wie es ihr passte. Wenn sie gewollt hätte, wären wir zusammen gewesen, aber ich weiß nicht, ob sie wollte. Ich hatte sie vor dem Haus aufgelesen, in dem meine Bude war, sechster Stock, Neubau, kleiner Balkon. Sie hatte einen Sohn. Sie sprach nur brockenweise meine Sprache. Sie zog um die Häuser und erbettelte sich Geld für Bahnfahrten, um ihren Sohn von irgendwo abzuholen. Als ich sie traf, weinte sie. Saß zusammengesunken vor dem Haus und schluchzte in ihre Hände. Ich zog sie hoch, nahm sie mit in die Wohnung und gab ihr Essen und Trinken und Geld. Sie zeigte mir ihren von was auch immer so vernarbten Bauch, indem sie ihren Pullover bis zur Unterseite ihrer Brüste hochzog. Und ich nickte, weil mir ihr Bauch trotz der Narben gefiel. Holen, sagte sie, und zeigte auf ein unscharfes Foto ihres kleinen Sohnes. Ich gab ihr mehr Geld. Sie umschlang mich und ging zur Tür. An sich ein sehr hübsches Mädchen, wie ich gerade mal dreißig oder so, mit braunen Haaren und schönen Augen, schwer zu sagen, welche Farbe sie eigentlich hatten. Sehr schlank, und kleiner als ich, das gefiel mir bei Frauen. Ich sagte: Komm wieder, wenn Du willst, und sie nickte eifrig, sie hatte mich verstanden.

Ich warf die Zigarette weg. Langsam füllte sich der Platz vor der Gesellschaft. Die Telefonierer werden mit Bussen hergebracht, aus den Trabantenstädten. Sie sehen müde aus. Für die Telefonierer ist die Gesellschaft die Endstation. Wenn man nichts anderes mehr kriegt. Die Zentrale ist im Osten, das Geflecht undurchschaubar. Stehst Du ganz unten, machst Du am Telefon die Termine. Das musste ich nie, darüber bin ich froh; Telefonieren ist hart und verdirbt den Charakter. Außerdem stirbt man früher. Am Druck. Du schwitzt Dich kaputt vor Angst.

Ich fuhr raus. Manchmal durch vier, fünf Städte, die Dörfer zählte ich schon gar nicht mehr. Abends kam ich nach Hause und die Gesellschaft blieb draußen. Das A und O. Goldene Regel: Lass die Termine vor der Tür. Mach Dir keinen Kopf. Jeder weiß, was er tut. Ich: immer total kaputt von der langen

Fahrerei vor den Fernseher gesetzt und auf die Lotto-
zahlen gewartet. Jede Woche tippte ich die Reihen,
die mir mein Vater vermacht hatte. Spielte zehn,
zwanzig Scheine. Steckte richtig Geld rein. Aber ich
gewann nie, versuchte es immer wieder. Irgendwann,
dachte ich, irgendwann. Vor dem Schlafen wollte ich
Nähe, nahm das Telefon, die Leitung war noch nicht
tot. Ich wählte und wartete:

Sie: Guten Tag, mein Name ist Ichbinverrückt-
nachdir, was ist Dein Problem. Ich: Sind Sie nackt.
Sie: Würde das die Sache leichter machen, mein Süßer. Ich: Ich kann niemanden halten. Wissen Sie,
manchmal wache ich auf und denke, ich würde jemanden im Arm halten. Sie: Würde es Dir gefallen,
mich im Arm zu halten. Ich: Nicht unterbrechen
jetzt. Sie: Schon gut, Du alter Schlingel mit der sinn-
lichen Stimme. Ich: Also, beim Aufwachen. Und
dann ist es doch nur das Kissen, oder Lilly. Sie: Zwi-
schenfrage. Würde es Dich scharf machen, wenn ich
jetzt, ganz langsam, Lilly ausziehe und dann mich,
so nackt, wie ich bin, zwischen Euch lege. Ich: Ich
bin noch nicht fertig. Sie: Das will ich auch hoffen,
mein Süßer. Ich: Sind Sie allein. Sie: Ganz allein,
ganz nackt und ganz ungezogen.

Seltsamer Tag. Ich war unkonzentriert und fuhr
zu dicht auf, aber die Termine saßen mir im Nacken.
Zwei kleine Abschlüsse brauchte ich, mindestens.

Nachdenken war der Fehler. Ich schwitzte mein Hemd durch. An sich passierte mir das nie. Ich war total in Unruhe. Das ist nur der Druck, beruhigte ich mich, drehte die Musik im Radio lauter, kurbelte das Fenster runter. Fünf Kunden, dachte ich, das sind fünf kleine Abschlüsse, wenn es läuft. Vielleicht wäre es besser gewesen, dachte ich plötzlich, Lilly mitzunehmen. Mann, hatte ich auf einmal Schiss. Dass Lilly was passieren könnte. Dass mir was passieren könnte. Dass am wichtigsten Tag, seit ich für die Gesellschaft arbeite, alles kippt. Beruhig Dich, dachte ich, und stellte das Radio aus. Lilly geht es gut. Sie ist meine beste Freundin und wohnt an meinem Fußende. Es stand mal ein Typ bei uns in der Siedlung, vor sich so einen großen Karton, und da drin diese wimmernden Dinger. Kleine Mischlingswelpen, alle ganz bunt. Ich nahm einen hoch, das sollte Lilly sein, und fragte, was er will.

Auf uns wartet keiner.

Manchmal reißt man uns euphorisch die Tür auf, aber nur, weil man uns für den Lottomann hält. Oder, man öffnet uns unter Tränen, weil man denkt, jetzt ist die Oma tot. Ich nahm das Tuch aus dem Handschuhfach und wischte mir den Schweiß vom Körper, streifte mir das Jackett aus dem Katalog über, schloss ab und ging zum ersten Kunden. Lächeln über beide Ohren. So tun, als wäre es die reinste Freude. Gesellschaft ins Haus bringen. Lächeln, klingeln, abziehen.

Ich parkte etwas abseits und holte mir an einer Bude Schnitzel und Bier. Am Boden zerstört. Nur noch Klimpergeld in der Tasche, nichts mehr auf dem Konto. Mein letztes Gehalt war für die Telefonrechnungen draufgegangen, und wenn sie mich rauswerfen würden, hätte ich nichts mehr. Der Vormittag war schlecht gelaufen. Sie hieß Frau T. *Ist tierlieb, mit Hund*, stand auf meiner Liste in der Spalte mit den Bemerkungen. Guten Morgen, Frau T., na, gut geschlafen. Schönen Hund haben Sie da. Ich habe auch einen. Dankbare Kundin. Mittleres Alter, freundlich, alleinstehend. Nicht so wie in den letzten Wochen: Da hatte ich lauter verbitterte Paare, Großfamilien, die keinen Pfifferling übrig hatten für irgendwas. Wollen Sie sich vielleicht setzen, sagte Frau T. Ich heiße Franz, und Sie. Helga, angenehm. Helga T., das ist ja ein schöner Name! Und wie heißt Ihr Hund. Helga. Auch Helga! Das ist ja prima. Als es ans Unterschreiben ging, war sie zickig geworden. Vierzig, hatte ich gesagt, das ist nur ein Essen im Restaurant jeden Monat, meine liebe Helga, ich bitte Sie. Sie hatte den Kopf geschüttelt. Helga, Sie allein müssen wissen, was Sie tun. Es ist Ihre Zukunft, nicht meine, sagte ich. Nein, sagte sie, das ist nichts für mich. Ihr Hund war knurrig geworden, mir war klar, dass ich verloren hatte. Im Auto rief mich die Gesellschaft an. Alle Kunden hatten abgesagt, bis auf einen. Mit dem musste was gehen. Ich war mit meiner Miete drei Monate zurück, und sie hatten schon auf der Matte gestanden. Ich hätte das Geld für die Miete schon gehabt, aber die Telefonrechnungen waren so verdammt hoch. Wenn jetzt nichts lief, war ich raus: aus der Wohnung, aus der Gesellschaft, aus dem Spiel. Noch immer schwitzte ich, obwohl an der Bude ein kalter Wind ging. Ich aß und trank sehr langsam. Wie weiter. Ich nahm mir meine Liste. Irgendwas musste ich heute Abend bringen, irgendwas. Der Alte hatte keine Geduld mehr. Seine Worte am Morgen: Die letzte Warnung. Ich kannte das ja. Das Bier stieg mir in den Kopf; das Schnitzel war nicht richtig durch, ich ließ es halb liegen. Der letzte Kunde auf meiner Liste hieß Fritz Müller. Bemerkung: *Rentner, ist durcheinander.* Scheiße, dachte ich, nicht auch noch so was. Ich hab mir immer gesagt: Keine alleinstehenden Frauen mit Kindern. Keine Alten, die nicht wissen, was sie tun. Nichts Krummes. Aber jetzt brauchte ich es, und ausgerechnet jetzt war nur noch ein Alter übrig, jetzt musste ein vernünftiger Abschluss her, ein bombastischer, sonst war alles weg. Eine Stunde später war ich da. So ein Vorort, wo nicht mal mehr die Bimmelbahn hält. Immer noch schweißgebadet, egal. Ich drückte mich im

Vorgarten von Fritz Müller herum. Alles verwildert. Das kleine Haus von einer schwarzen Schicht überzogen, mehr dunkel als weiß. Teufel, vor hundert Jahren war da zuletzt ein Maler dran. Ich klingelte. Nach einer Ewigkeit öffnete sich die Tür. Fritz Müller. Der war vielleicht alt. Ich wollte ihm die Hand geben. Sein schmutziges Hemd, in dunklen Regenbogenfarben geringelt. Was willst Du, sagte er. Hau ab, wir kaufen und brauchen nichts. Aber wir haben einen Termin, sagte ich. Ach so, sagte er, Du kommst wegen der Rabatten. Geh ums Haus. Harken und Besen stehen da. Aber Herr Müller, sehe ich aus wie der Gärtner, sagte ich. Erinnern Sie sich nicht. Und er sah mich an, machte den Mund auf, kratzte sich am Kopf, seine Gesichtszüge entglitten ihm und er murmelte: Nein, leider nicht, nein. Wegen Ihres Geldes. Wir haben angerufen. Wir machen Sie glücklich. Und hier bin ich. Mit den Modellen, sagte ich, und zeige ihm die aufgereihten Bauklötze in meinem Koffer. Ja, sagte er, ja, wenn das so ist. Und wir haben telefoniert. Wir haben telefoniert, sagte ich. Er trottete voran mit seinem geringelten Hemd und führte mich ins Wohnzimmer. Wände und Decke nikotingelb. Auf dem Schrank lauter kleine und große Buddelschiffe von der Nordsee. Wir setzten uns. Fritz Müller steckte sich eine an. Wie heißen Sie eigentlich mit Vornamen, sagte ich. Warum willst Du das wissen, sagte Fritz Müller, erzähl mir endlich, worum es geht. Ich holte tief Luft. Routinen. Es funktioniert im Prinzip ganz einfach, sagte ich. Ich werde es Ihnen vorführen. Das machen wir nicht für jeden, würde ich das für jeden machen, käme ich zu nichts mehr, sagte ich. Nun zog ich meine Schau ab. Öffnete meinen Koffer und setzte aus den Klötzchen ein quadratisches Gebilde zusammen, welches der Form nach wie ein flacher, holzverkleideter Bungalow aussah. Die Klötzchen waren braun, trostlos. Sehen Sie, Herr Müller, das sind Sie im Augenblick. Zwar haben Sie ein Dach über dem Kopf. Aber Sie haben Sorgen. Sie müssen sich Gedanken über Ihre Zukunft machen. Über das neue Auto. Und man will sich doch ab und zu was gönnen, nicht wahr. Fritz Müller starrte auf die Klötze. So, sagte ich, und jetzt zeige ich Ihnen, was passiert, wenn Sie auf uns setzen. Ich stellte rote Bauklötzchen um die braunen herum, redete auswendig und sehr schnell: Vermögenswirksamkeit. Elementarsicherheit. Wachsender Geldberg. Schnelle Wohlstandsmehrung. Frohe Zukunft. Fritz Müller drückte seine Zigarette aus und starrte mich an. Sag ja, dachte ich, sag einfach nur ja. Hm, sagte Fritz Müller und kratzte sich unter den Achseln. Du kommst also wegen dem Garten. Trinkst Du Kaffee. Ja, sagte ich, mit Zucker. Fritz Müller stand auf und schlurfte in die Küche. Ich war total aus dem Konzept. Nichts zu machen: Er hatte kein Wort verstanden. Als er weg war, sah ich mich um. Alles voller Staub. Mein Rücken klebte am Kunstledersessel fest. Obwohl es saukalt war in der Bude. Fritz Müller ging mir ans Herz. Müller war so 'n bisschen wie mein bester Kumpel. Er hieß Hans und war schon sehr alt, an die achtzig. Ich wusste nicht, was er sein Leben lang gemacht hatte. Aber er lebte. Hatte lange kaputte Waschmaschinen und Schrott eingesammelt und verkauft. Harte Arbeit. Ein guter Kerl. Jeden Morgen sah ich ihn, er hatte eine orangene Signalweste an, wie für Bauarbeiter. Er schob einen Einkaufswagen vor sich her und sammelte Müll ein. Freiwillig. Er ging krumm und sehr langsam, und oft wehte der Wind den Müll, den er gerade in den Wagen gepackt hatte, sofort wieder raus. Er machte das mit bloßen Händen. Er fasste in die hängenden Papierkörbe und riss den Dreck so weit wie möglich raus und ab in seinen Wagen. Keine Ahnung, was er sich davon versprach. Manchmal stellte ich im Sommer meinen kleinen Tischgrill auf den Balkon und schmiss für mich und Lilly Würstchen drauf. Sah ich ihn mit seinem Einkaufswagen und seinem krummen Gang, rief ich ihn hoch. Hans und ich tranken ein, zwei Biere zusammen, er aß sein Würstchen, und dann noch eins. Wir sprachen kaum, so sehr konzentrierte er sich aufs Essen. Mein Gott, der Kerl fiel so vom Fleisch, dass ich immer Angst hatte, er könnte irgendwann verschwinden. Fritz Müller kam mit Kaffee zurück und stellte ihn mir hin. Er befühlte mit zittriger Hand meine Stirn: Schwitzt ganz schön, Junge. Bist Du nervös. Mir ist hier immer kalt. Was kriegst Du für den Garten. Viel hab ich nicht. Mach nur so viel wie nötig. Dass es wieder nach was aussieht. Herr Müller, sagte ich, ich komm nicht für den Garten. Ich komm für Ihre Finanzen. Das war so abgemacht. Finanzen, sagte er, abgemacht. Genau, sagte ich. Haben wir am Telefon so gesagt. Haben wir so gesagt, sagte er, ach so. Finanzen. Die muss ich holen. Er zog sich am Sessel hoch und verschwand schlurfend, das Knarzen der Treppe, das Öffnen der Schränke. Sein Wühlen. Dann Stille. Ich stand auf. Die ganze Schrankwand voller Plunder. Gerahmte Urkunden zum Betriebsjubiläum, eine alte Pfeife, Katzen aus Porzellan, immer wieder Buddelschiffe. Mittendrin: Das Bild seiner Frau. Am Rahmen so ein schwarzer Streifen, sie lebte nicht mehr. Wie wichtig das ist, dachte ich: Noch wen zu haben. Meine Frau. Manchmal schenkte ich ihr so Kleinigkeiten, paillettenbesetzte Pullover, einen Silberring, einen alten, verzierten Armreif meiner Mutter. Sie nahm alles und freute sich, aber sie trug die Sachen nie. Lilly konnte sie von Anfang an nicht leiden, saß in ihrem Korb und knurrte, wenn sie in die Wohnung kam. Manchmal wartete die Frau nur auf den Moment, wo ich mein Geld aus der Tasche zog und ihr gab. Fragte ich Unangenehmes, was machst Du mit dem Geld, wann kommst Du wieder, dann verstand sie nichts und zuckte mit den Schultern. Wenn sie spätabends kam und über Nacht blieb, war ich schon froh. Nichts Schweinisches, nur so ihren Kopf an meiner Brust, das reichte schon.

Mit Kippe zwischen den Zähnen kam Fritz Müller endlich wieder. Hier, sagte er, die Finanzen. Er zog Papier aus den Mappen. Uralte Dokumente, Hypothekenbriefe, Kontoauszüge aus fünfzig Jahren. Und Lottoscheine, sämtliche Lottoscheine seines Lebens, es mussten tausende sein, die sich da auf dem Tisch vor mir türmten. Einen nahm er und hielt ihn mir unter die Nase. Die Reihe hier ist von meinem Alten, sagte er und tippte auf eine der Zeilen auf dem Schein. Irgendwann, sagt er, irgendwann. Also, sagte er, wegen der Finanzen. Hier sind unsere Finanzen. Ja, sagte ich, da sind ja die Finanzen. Wir haben da bestimmt ein richtig gutes Angebot. Vielleicht sollte ich Ihnen das anhand unserer Klötze, ich meine, Modelle, nochmals vorführen. Ich meine, es ist Ihre Zukunft, Herr Müller, nicht meine. Lass Deine Klötze drin, sagte er, ich hab noch anderes zu tun als Euch Halunken zuzuhören, ihr seid doch alle Halunken, oder, sagte er, und lächelte; Zahnlücken.

Wo man unterschreibt, ist doch egal, viel kommt am Ende eh nicht dabei raus, sagte er, ist doch egal, sagte er, ihr seid doch alle die gleichen Ganoven, sagte er. Ich erklär Ihnen mal, worum es geht, sagte ich. Wo muss ich unterschreiben, sagte er. Du bist doch hier, um was für uns zu tun. Hast Du gesagt. Augen zu und durch, dachte ich. Klingeln, lächeln, abdrücken. Herr Müller, sagte ich, bei Ihnen denke ich an die kleine Variante. Da hat man viel davon, und sicher ist es noch dazu. Das kostet nicht mehr als ein Essen im Restaurant. Jeden Monat. Was hast Du noch, sagte Fritz Müller. Es gibt noch die mittlere Variante, mit mehr Einlage, mehr Risiko. Würde ich mir an Ihrer Stelle überlegen. Aha, sagte Fritz Müller. Weiter. Na ja, sagte ich, die große Variante. Das ist zu viel, glauben Sie mir. Wir sagen dazu das große Ding. Das große Ding, sagte er, und schwieg. Hat aber viel Risiko, sagte ich. Richtig gefährlich. Ganz ehrlich, Herr Müller: Da wage selbst ich mich nicht ran. Das große Ding, wiederholte Fritz Müller, dann lächelte er. Reicht denn dafür das, was wir haben. Ehrlich gesagt, Fritz: Ich glaube nicht.

Im Gebäude der Gesellschaft waren alle Lichter schon aus. Nur der Alte stand rauchend an der Tür. Franz, sagte er, na, wie stehen die Aktien. Och, sagte ich, wie immer. Rauchen Sie, sagte er. Ja, sagte ich und steckte mir eine von seinen an. Er sah mich nicht an, sehr leise sagte er nach der halben Zigarette: Also, Franz, machen wir es kurz. Den Autoschlüssel, bitte. Ich kann Sie fahren. Machen Sie es uns nicht schwer. Sie wissen, wie der Laden läuft. Er nestelte nervös an seinem Mantel, fuhr sich ständig mit einer Hand durch die Haare und rechnete damit, dass ich ihm eins auf die Nase geben könnte oder sonst was. Ich rauchte in Ruhe auf und warf die Zigarette im hohen Bogen auf den Parkplatz. Dann zog ich das zusammengerollte Vertragswerk von Fritz Müller aus dem Jackett und reichte es dem Alten. Er schaute mich mit zusammengekniffenen Augen an und blätterte: Donnerwetter, Franz, Donnerwetter. Das ist ein Hammer. Das ist ja ein richtiger Hammer. Nicht schlecht, Junge, sagte er und gab mir einen trockenen Schlag auf die Schulter. Freuen Sie sich nicht, sagte er. Bin müde, sagte ich. So viel Fahrerei. Eins noch, Chef. Ja, sagte er, was Sie wollen. Kann ich Vorschuss haben. Fünfhundert oder so. Vorschuss, sagte der Alte, und seine Miene verfinsterte sich. Ich bereute es, ich hätte nicht so mit der Tür ins Haus fallen sollen. Es dauerte zehn Minuten. Der Alte kam wieder raus, guckte mich ganz ernst an und ich dachte, jetzt nimmt er mir doch die Schlüssel ab. Aber er prustete los, zauberte hinter seinem Rücken das zusammengerollte Bündel Geld hervor, schlug mir auf die Schulter, Mensch Junge, mach Dir einen schönen Abend.

Er wollte schon weggehen, da rief ich ihm hinterher: Warten Sie. Die Schlüssel. Ich will nicht mehr.

Ich nahm es mit in die Wohnung, es war in meinem Kopf: Dieses zahnlose, hagere Gesicht von Fritz Müller. Der Fernseher blieb aus. Ich hatte ein Schreiben aus dem Briefkasten gezogen: Androhung der Räumung. Zahlen oder raus. Ich nahm das Telefon. Die Leitung war noch nicht tot. Ich: Ich brauche wen. Zum Reden. Sie: Ich weiß, was man mit dem Mund noch so alles machen kann. Soll ich nackt sein. Ich: Ich bin eine Schlampe. Was haben Sie noch an. Sie: Nichts mehr, ich habe mich ganz nackig gemacht für Dich, mein Schatz. Und Du. Ich: Kein Hemd. Sie: Wenn Du magst, dann zeige ich Dir mal, was ich mit dem Mund alles kann. Hör genau hin. Ich: Keine Haut. Sie: Lehn Dich zurück. Ich: Keine Knochen. Sie: Na, ist das nicht göttlich. Meine kleine, göttliche Zunge. Ich: Nichts mehr. Jetzt kam Lilly vors Bett, ich hatte keine Hand frei, um sie zu kraulen. Sie grinste mich blöde an und pinkelte. Ich legte auf und drohte ihr mit dem Finger, da biss das Biest zu und ich verlor die Nerven. Ich schlug ihr auf den Kopf. Ich packte sie im Genick und schüttelte. Ich schleuderte sie quer durch die Wohnung, und sie war so überrascht, dass sie nicht mal jaulte. Ich wollte weitermachen, als es klopfte. Es war die Frau. Ich öffnete und ließ sie rein, sie fiel mir überschwänglich um den Hals, wie immer. Lilly kam an und umgarnte sie, die ärgste Rivalin. Ich hatte ihr ganz schön zugesetzt. Ich drückte die Frau von mir und sah sie an. Sie war ein verdammt hübsches Mädchen. Was willst Du, sagte ich. Ich weiß schon, musst nicht so tun, als ob Du nichts verstehst. Da. Sie sah sich das Bündel Geld in ihrer Hand ungläubig an. Nimm, sagte ich. Sie runzelte die Stirn. Lass das Theater, brüllte ich, nimm einfach und sei froh.

Ich tat Lilly an die Leine und ging vor die Tür. Die Frau war nicht aufgewacht. Nackt war sie noch schöner. Mitsamt der Narben und allem. Sie hatte mit mir geschlafen. Es war gut. Sonderlich geschickt hatte ich mich nicht angestellt, weil ich mich nicht auskannte. Aber sie war nicht sofort gegangen, sie war geblieben und schlief tief und fest. Ich konnte nicht schlafen. Es war schon fast Morgen. Bald ging die Sonne auf. Hans tauchte vor mir auf, mit seinem Einkaufswagen, der schon zur Hälfte voll war. Lilly freute sich und sprang an ihm hoch. Er war abwesend, gehetzt. Keine Zeit, rief er schon aus der Ferne, muss weiter. Er fröstelte und rieb seine trockenen Hände aneinander. Bist aber heute früh dran, sagte ich. Viel Maloche, sagte Hans. Siehst ja. Immer mehr Maloche. Er schob weiter, hatte nicht mal Lilly gestreichelt. Hans sah so zerbrechlich aus, so dürr. Bist Du nachher da, rief ich ihm nach. Er drehte sich kurz um und sah mich an. Erstaunen. Ich hatte ihn noch nie besucht, wusste aber, in welchem Block er wohnte. Sicher, sagte er, bin da, wo soll ich sein. Muss nur zu Ende malochen. Siehst ja. Dann bin ich da. Schon hetzte er weiter mit seinem Einkaufswagen, der Sonne und den überquellenden Papierkörben entgegen.

Ich legte mich zurück zur Frau. Sie war wach und immer noch nackt. Sie hatte die Augen geöffnet und starrte zur Decke. Sie hatte Gänsehaut und fror. Ich nahm sie in den Arm, sie blieb stocksteif liegen. Als Lilly sich an ihrem Fußende verkrochen und zusammengerollt hatte, drehte ich mich um. Ich flüsterte der Frau ins Ohr. Meinst Du, das wird jetzt was mit uns. Sie blickte zur Decke und sah so unbewegt aus, als hätte sie kein Wort verstanden, verharrte einige Momente in dieser Position. Dann sprang sie schlagartig auf, zog sich an und ging zur Tür. Einfach so. Ich hinterher. Hielt sie fest. Sie drehte sich um. Machte sich los. Kommst Du wieder, sagte ich. Sie strich mir mit der Hand eine Strähne aus der Stirn und sagte nur: Du schwitzt aber ganz schön.

Ich lag auf dem Rücken im Dunkeln. Sofort sprang Lilly aufs Bett. Ich nahm das Telefon. Es war tot. Der Saft abgedreht. Es blieb nichts draußen. Ich war verzweifelt. Ich brauchte Gespräche, ich brauchte einen Menschen, ich brauchte Liebe, ich brauchte Gesellschaft. Ich lag auf dem Rücken im Dunkeln und machte nichts. Wochenlang. Ich träumte von Fritz Müllers Gesicht, manchmal. In den ersten Tagen winselte Lilly noch, dann pinkelte sie alles voll. Erst den Flur, dann das Wohnzimmer, schließlich das Bett. Einfach so. Es gab Tage, da raffte ich mich im Morgengrauen auf und sah vom Balkon aus nach Hans. Ich meinte manchmal, seinen Einkaufswagen in der Ferne klappern zu hören. Andere Route. Auch die Frau kam nicht wieder. Kein Klopfen mehr. Irgendwann klingelte es. Ich stand nicht auf. Die Tür wurde aufgebrochen. Ich zog mir mein Jackett von der Arbeit an, Lilly an die Leine und raus. Die ganzen Möbel blieben da, Lilly hatte eh versaut, was noch zu gebrauchen war. Hans wohnte im fünften Stock. Wie er das bloß schaffte. Die kleine Lilly fing plötzlich auf der Treppe an zu bocken und wollte nicht weiter. Ich nahm sie bei den Vorderpfoten und wollte sie tragen, aber sie knurrte und schnappte nach mir. Also band ich sie am Treppengeländer an. Der Einkaufswagen stand vor der Tür. Prallvoll mit Müll. Er trug das Teil immer nach oben. Hans würde sich über Gesellschaft freuen, dachte ich. Ein Platz für uns, nur vorübergehend, dachte ich. Ich hörte Lilly leise winseln. Als Hans auf mein Klingeln nicht öffnete, drückte ich die Tür auf. Im Flur alles voll. Lilly bellte los, irgendwo im Haus brüllte jemand. Wie es dort roch, wie es dort aussah. Beißend. Mir schossen Tränen in die Augen, ich heulte, während ich die Tür zum Lüften öffnete, auf den Balkon ging und durchatmete. Zum Glück hatte ich noch eine Zigarette, die letzte.

Pastorale

Zuletzt wäre sogar der Mann fast gestorben.

Verzweifelt und ziellos ging er die Gleise entlang, an denen in regelmäßigem Abstand auf großen Schildern mit großen Buchstaben vor schnellen Zügen gewarnt wurde. Das Gemeine ist, dass die modernen Züge erst mit ihrer Ankunft hörbar werden. Das Glück war, dass der Mann genau im Intervall zwischen zwei Zügen über die Gleise spazierte, und als der Schnellzug über seine Fußstapfen donnerte, da hörte er ihn nicht mal mehr.

Früher. Kinderhände. Metallenes Karussell an einem sonnendurchfluteten Sonntag. Mitten im Wald. Es kann nichts passieren. Es wird nichts passieren. Die Eichhörnchen rennen hoch und runter an den Bäumen. An der Hand des Vaters in den Wald. Es kann gar nichts passieren.

Der Mann war auf einem Bauernhof nahe der kleineren Stadt aufgewachsen. Das Land besteht fast ausschließlich aus einer Ansammlung von Bauernhöfen. Aber die Bauern leben schon lange nicht mehr von ihren Betrieben, sie fahren in die kleinere oder in die große Stadt zum Arbeiten. Der Vater des Mannes war ein plumper und dicker Kerl. Eines Tages fuhr er raus aufs Feld, um Kartoffeln zu ernten, der Mann, ein Junge damals noch, folgte ihm und beobachtete in gebührendem Abstand die ungelenken Hantierungen seines ungeduldigen Vaters. Die Maschine wollte erst nicht, und als sie plötzlich doch wollte, da geriet der unter ihr liegende Vater zwischen die spitzen und rotierenden Metallforken. Der Mann holte Hilfe, die kam schnell, rettete dem Vater das Leben und nahm seinen abgerissenen Arm mit in die Klinik. Seitdem fuhr der Vater nicht mehr wie alle anderen Bauern jeden Tag zur Arbeit in die Stadt, in einen der ungezählten, glühend heißen Schmiedebetriebe der Industrie, seitdem blieb er daheim und bewirtschaftete mit seinem übrigen Arm den Hof. Seitdem ging alles den Bach runter. Der Vater des Mannes war immer verschlossen gewesen. Er war nicht besonders freundlich und mochte den Umgang mit anderen Leuten nicht. Alles, was nicht seinen Hof oder seine Familie oder ihn selbst betraf, war ihm einerlei. Nun aber packte ihn eine ständige Stinkwut. Der kleinste Anlass genügte, und er fuhr aus der Haut, schnauzte sogar den Mann an, das hatte er früher nie getan, stritt mit seiner Frau über Bagatellen, dass nach seiner Rückkehr aus dem Krankenhaus die Ärmel seiner Hemden nicht an einer Seite zugenäht waren, solche Dinge.

Früher. An einem Sonntag. An der Hand des Vaters. Zerschuftete Hand, ein Bein kürzer als das andere. In der anderen, zerschundenen Hand ein Stock, den er sich im Wandern zurechtgeschnitzt hat. Seine Mahnung: Halt Dich gerade, sonst wächst Dir ein Ast. Der Stock gegen die Wildschweine, aber welche Wildschweine überhaupt, es wird nichts passieren.

Der Vater wurde wunderlich. Er redete mit niemandem mehr. Nicht mit den Nachbarn, nicht mit seiner Frau, nicht mit dem Mann. Dann stellte er die Gespräche mit den Hunden ein. Sein Leben lang war er abends im Dunkeln nochmals raus auf den Hof und hatte nur ein paar Worte zu den Kötern gesagt, unverständliches, sanftes Gemurmel. Der Vater hatte immer mit den Hunden geredet, das kam von seinem eigenen Vater, dem Großvater des Mannes. Im Krieg, so hatte er ihm erzählt, sei er einmal beim Hamstern einem Hund begegnet und hätte ihn, wie im Spaß, gefragt, wohin er denn wolle, es sei doch Krieg. Und der Hund habe sich auf seine Hinterläufe gestellt, sei an ihm hochgesprungen und habe gesagt: Es geht Dich nichts an, wohin ich gehe. Es war das größte Geheimnis, dass der Vater des Mannes je von seinem Vater erfahren hatte. Und wenn er auch sonst nichts glaubte, nicht mal so richtig an Gott, daran glaubte er, und nachdem er die abendlichen Gespräche mit den Hunden eingestellt hatte, glaubte er an gar nichts mehr.

Früher. Der Mittag ist warm und heiß. Und trocken, wie die große Hand des Vaters. Er sagt: Angst haben muss keiner. Die Wildschweine, die Hasen, die alle haben doch mehr Angst als Vaterlandsliebe, wenn sie uns sehen. Mehr Angst als Vaterlandsliebe. An der Hand des Vaters, der über sein zerstörtes Bein klagt, sein Kopfweh und sein von der Hitze der Schmiede vernebeltes Leben, an dieser Hand ein letztes Mal aufs Kettenkarussell im Wald, nichts tun, er gibt den notwendigen Schwung, und wenn es auch ein bisschen zu schnell ist, wie die Welt sich dreht, es wird nichts passieren.

Der Mann hatte eine glückliche Kindheit. Seine Mutter ließ ihn nie richtig los. Sogar, als er schon fast ein Jugendlicher war, schlief er noch zwischen den Eltern. In den wenigen Jahren, die er die Schule besuchte, lernte er weder Lesen noch Schreiben. Er war gewieft; er konnte auswendig lernen, was ihm vorgelesen wurde; er bestach andere, Aufsätze für ihn zu schreiben. Kam er nach Hause, ging er in sein Zimmer und zeichnete Landkarten. Versuche, die Wanderungen mit dem Vater zu bannen. Die Tiere, die sie gesehen hatten. Irgendwann, sagte sich der Mann, würde er alle Karten nehmen und aus ihnen eine große machen, eine Karte, die alles ist. Sein größter Wunsch. War der Mann nicht im Zimmer, war er bei den Tieren. Die Sommer über lag er mit einem Fernglas, das ihm sein Vater geschenkt hatte, auf den Wiesen. Oft träumend auf dem Rücken, mit dem Blick auf die Wolken, auf ein Geräusch wartend. Und kam das Geräusch, drehte er sich lautlos um, stellte das Fernglas ein und lauerte. Manchmal verharrte er so minutenlang, stundenlang, alles nur für einen Sekundenblick auf einen Hasen, so lange, bis seine Mutter rief und er nach Hause rannte.

Lange vor dem Niedergang des Vaters hatte der Mann die Schule verlassen und war ohne richtige Beschäftigung auf dem Hof leben geblieben. Er hatte Zeit gehabt, nur noch die Tiere auf den Feldern, Wiesen, Wäldern zu beobachten. Er freundete sich sogar mit einigen Gleichaltrigen an, und an den Wochenenden liefen sie alle zusammen in die kleinere Stadt, ein Weg von einer Stunde zu Fuß. Dort gingen sie in den »Schnürenden Fuchs«, die einzige Kneipe weit und breit, in der sich die Jüngeren trafen. Der Mann mochte es damals ganz gern, unter Menschen zu sein. Die Jungen und Mädchen verliebten und betranken sich, sie wurden größer und breiter, sie schmiedeten Pläne für die Zukunft. Nur der Mann blieb, wie er war.

Früher. Sonntags. Am höchsten Punkt eine Schonung, vertraute Bank, vertrauter Blick auf die drei, vier Kirchen. Am Ende schmutzige Kinderfüße, schmutzige Kinderhände, Steintreppen nach unten raus aus dem Wald, aber jetzt noch nicht. Erst noch sitzen und schauen und warten. Schon von hier oben der Blick auf den Hof, auf die Felder, auf die Wiesen, schon der Blick verirrt sich und man bräuchte eine Landkarte, so weitläufig, so unübersichtlich, so groß ist das alles.

Schließlich dachte der Mann: Es wird Zeit, weil es für alle Zeit wird. Die Leute in seinem Alter zogen weg, manche gingen an die Universitäten, andere machten in den Städten ihre Lehre als Zimmermann oder Schreiner, oder sie schlugen sich durch, wanderten ungelernt von Ort zu Ort und boten ihre Arbeitskraft an. Ihre Eltern bewunderten sie dafür, und wenn der Mann nicht viel wusste, dann doch: dass auch er bewundert werden wollte. Vor dem Weggang vom Bauernhof sollte sich der Mann einige Hemden aussuchen, alte Arbeitshemden, die sein Vater nicht mehr brauchte oder wollte. Es gehörte sich so, der Vater hatte es ihm befohlen. Der Mann stand vor dem Kleiderschrank und kramte in den väterlichen Hemden, immer war ein Ärmel etwa in Schulterhöhe zusammengeknotet. Die ganze Zeit hörte er das Weinen der Mutter von unten; sie wollte ihn nicht gehen lassen, sie weinte, als wisse sie, was dann wird. Und plötzlich stand sein Vater dicht hinter ihm und fragte leise: Hast 'n paar Hemden gefunden. Der Mann drehte sich um, in diesem Moment fiel ihm auf, dass er mittlerweile größer war als sein Vater; er sah die Augen des Vaters feucht aufblitzen, nur für den Bruchteil einer Sekunde.

Früher. Worüber mit einem Vater reden, während man mit ihm auf einer Bank sitzt. Über die Tiere natürlich. Wo wohnt der Regenwurm, Vater. Im Regen. Unter der Erde, Vater. Unter der Erde. Und warum heißt er dann nicht Erdwurm. Sein ewiger Witz, wenn ihm nichts mehr einfiel: Junge, Du hast ein Kreuz wie eine Kellertür, aber nicht so schwer, sondern so dreckig.

Nach dem Auszug des Mannes dauerte es nicht lange, bis die Mutter am Gehirn krank wurde. Der Krankenwagen kam und brachte sie in die kleinere Stadt. In der kleineren Stadt wartete ein Hubschrauber und brachte sie in die größere Stadt. So ging das Leben auf dem Land. Nachdem die Mutter am Gehirn krank geworden war, dauerte es nicht lange, bis der Vater am Gehirn krank wurde, nur anders. Er lebte weiter auf dem Hof, ganz allein, und fing an, leise vor sich hin zu reden. Er bildete sich ein, Gegenstand von Verschwörungen anderer Bauern und des Staates sowieso zu sein. Er schlug seinen Hunden den Schädel ein, weil er meinte, sie würden sich hinter seinem Rücken gegen ihn zusammenrotten. Er traute sich nicht mehr in den Wald. Er duldete niemanden mehr auf dem Hof, nicht mal den Zeitungsjungen, der seit Jahren im Morgengrauen ans Hoftor kam. Er fing ihn ab und stellte ihn wie einen Verbrecher. Was versteckst Du hinter dem Rücken, sagte der Vater. Nichts, sagte der Junge. Was hast Du da, zeig mir, was Du da hast, sagte der Vater. Da ist nichts, sagte der Junge. Der Vater holte die Mistgabel und verfolgte den Jungen quer über den ganzen Hof; er rettete sich in die Felder, der Vater ging wieder ins Haus und hatte Angst. Es war wie die Angst des Kindes, das glaubt: Der böse Mann hat sein Zelt zwischen den Tannen aufgespannt und wetzt sein Messer seit Jahr und Tag nur für mich. Schließlich kam der böse Mann zum Vater. Er war nur ein verirrter Wanderer, der um ein Glas Wasser bat. Der Vater erschoss ihn mit der Schrotflinte. Wieder und wieder beteuerte er: Der war böse. Hab ich sofort gesehen. Der wollte mir ans Leder. Der hatte das im Blick. Hab ihn nicht gerufen. Bin friedlich, aber wer mir was will, dem will ich auch was. Vorgebend, ihm eine Flasche Wasser zu bringen, war der Vater ins Haus gegangen, hatte seine Schrotflinte geholt, mit seinem übrigen Arm geladen und den armen Kerl vor der Tür über den Haufen geschossen.

Früher. Vom höchsten Punkt der Schonung zurück, es geht quer durch den Wald, auf die Schultern, weil die kleinen Füße nicht getragen werden vom Wurzelwerk und sich verfangen, auf den Schultern bis zur Treppe, die aus dem Wald herausgeht, steile Treppe, die zum Hof hin führt, direkt zur Tür, direkt in die Arme der Mutter, die mit dem Essen wartet und dem Vater flüchtige Küsse gibt; aber was hat das für eine Bedeutung; wie schwer wiegen diese flüchtigen Küsse bei einem wie dem Vater, nichts davon wissen als Junge, sich verschämt wegdrehen und dann ein Blick durchs Fenster zurück in den Wald, plötzliche unerklärliche Trauer, als gäbe es keinen nächsten Sonntag, kein nächstes Kettenkarussell, keine nächste Hand, keine nächste Umarmung, keine nächste Schonung, als könne plötzlich doch etwas passieren, als würde gar etwas passieren, ein Gefühl, nur für eine Sekunde, aber es bleibt, es bleibt, es bleibt für immer, für die Ewigkeit.

In seiner neuen Umgebung dachte der Mann nicht mehr an früher. Er verordnete sich das. Er glaubte, nun erwachsen geworden zu sein. Wie alle anderen. Zufall, dass die Mutter mit ihrem blutenden Gehirn in die große Stadt geflogen wurde. Der Mann vermisste seinen Vater, er vermisste seine Mutter, er vermisste die, die ihm am Abend versicherten, dass er keine Angst vor der Nacht haben musste: Mach die Augen zu und schlaf, und wenn Du sie wieder aufmachst, ist die Dunkelheit verschwunden. Der früheste Alptraum kehrte nun wieder zurück, aber mit doppeltem Schrecken: Er kam in die Stube seiner Kindheit, durch dessen großes Fenster man auf das Bergpanorama schauen konnte, das üblicherweise dalag wie gemalt. Als er sich gerade umdrehen wollte, erschien am Fenster eine Kuh mit abgezogenem Fell, sie wurde von einer Schlinge um ihren Hals gehalten und von oben herabgelassen. Wer steckt dahinter. Wer hat die Kuh am Haken.

Im Krankenhaus erklärte ein Arzt dem Mann: Sie müssen sich das bei Ihrer Mutter wie einen vollen Fahrradschlauch vorstellen, pumpt man da immer mehr Luft rein, bildet sich eine Blase, der Druck wächst und wächst, dann platzt der Schlauch. So ist das mit dem Gehirn Ihrer Mutter. Der Mann sagte: Ich verstehe das nicht. Ich habe nie ein Fahrrad gehabt. Der Arzt erklärte dem Mann schließlich: Ganz einfach. Bei Ihrer Mutter ist das Gehirn kaputt. Und erschrecken Sie nicht, Ihre Mutter ist sehr aufgedunsen, das ist das Koma, sagte der Arzt. Der Mann erschrak trotzdem beim Betreten des Zimmers, die Mutter war nicht aufgedunsen, die Mutter war fett. Ihr Gesicht war umwickelt mit lauter Verbänden, man beatmete sie. Zwischen all den Schläuchen und Geräten bahnte sich der Mann einen Weg und nahm die kalte Hand der Frau, sie kam ihm völlig fremd vor, so dass er sie gleich und wie unter Schock wieder beiseite legte. Als sich der Mann gerade fragte, wie seine Mutter nur so dick geworden sein konnte, begannen die eben noch ruhigen Geräte zu piepsen. Schwestern und Ärzte kamen herein, umringten das Bett und schickten den Mann nach draußen. Nach einigen Minuten kam eine Schwester heraus und teilte dem Mann mit, dass die Frau gestorben sei. Der Mann drehte sich um und verließ die Klinik, er heulte still vor sich hin, er ging so schnell, dass ihn der Arzt nicht mehr finden konnte. Derweil lag die Mutter – von Trennwänden abgeschirmt, ganz ruhig schlafend, fast so dünn wie eh und je – ein Bett weiter, erwachte einige Wochen später und kam in ein Pflegeheim, das nur eine Straße vom Ein-Zimmer-Verschlag des Mannes entfernt war.

Der Mann konnte es nicht fassen. Es war nicht vorgesehen gewesen, dass jemand sterben würde. Dass jemand überhaupt sterben könnte. Man hatte ihm das nicht beigebracht. Ohne weitere Tränen legte er sich ins Bett und schlief einen ganzen Tag lang. Mehrere Wochen trauerte der Mann für sich allein und soff. Er hatte keinerlei Bedarf an irgendwas, er lebte auf kleinem Raum vor sich hin. Ab und zu klingelte seine Nachbarin, die taubstumme Frau Mater. Die erste Begegnung mit Frau Mater hatte unter keinem guten Stern gestanden: Der Mann konnte mit ihren Handzeichen nichts anfangen, und als er auch nicht verstand, was Frau Mater ihm da auf das Papier kritzelte, als er erst recht nicht in der Lage war, eine Antwort zu schreiben, hielt Frau Mater ihn für einen arroganten Schnösel. Obwohl Frau Mater taub war, plärrte bei ihr von morgens bis in die Nacht das Radio. Später verbündete sie sich mit dem Mann. Frau Mater bekam heraus, dass der Mann nicht schreiben konnte, der Mann bekam heraus, was die Zeichen mit den knochigen Fingern oder die Mimik des faltigen Gesichts der Alten zu bedeuten hatten. Sogar die Sache mit dem Radio erklärte ihm Frau Mater: Es war das Gefühl, nicht allein zu sein. Es war das Gefühl, die tägliche Nacht mit Fassung tragen zu können. Der Mann vertraute Frau Mater und umgekehrt.

Sie half dem Mann beim Entziffern amtlicher Schreiben, der Mann verhinderte im Gegenzug mindestens vier Mal einen sicheren Wohnungsbrand bei Frau Mater, die manchmal beim Rauchen einschlief. Der Mann bemerkte den Geruch, öffnete die nie verschlossene Wohnungstür und übergoss erst den langsam vor sich hin schwelenden Teppich mit Wasser, dann Frau Mater, die anders nicht wach zu kriegen war. Danach fing die nasse Frau Mater stets einen lautlosen, aber heftigen Disput mit ihm an. Frau Mater versicherte ihm, ganz bestimmt nicht von sich aus geschlafen zu haben. Sie behauptete, von Terroristen überwältigt und betäubt worden zu sein, und diese Terroristen legten dann auch das Feuer, wirklich, Terroristen gäbe es ja wie Sand am Meer.

Die Zeichensprache brachte dem Mann seinen ersten und einzigen beruflichen Erfolg: Er fand Beschäftigung im Pflegeheim eine Straße weiter, wo er für die tauben Alten bei Märchenlesungen und Gottesdiensten das Gehörte übersetzte.

Ein Jammer, dass die Pflegerinnen dem gleichen Nachnamen nicht nachgingen, ein Jammer, dass seine Mutter weder Märchen noch Gottesdienste mochte, so saßen Mann und Mutter manchmal nur von einer Wand getrennt Rücken an Rücken, die Mutter in ihrem Zimmer, der Mann bei der Märchenstunde.

Er konnte sich jetzt ein Dauerticket für die Straßenbahn leisten. Die Linie, die durch seine Straße fuhr, verband das eine Ende der Stadt mit dem anderen. Er fuhr die eine Hälfte der Woche in den Norden, die andere Hälfte der Woche in den Süden der Stadt, und am Wochenende stieg er gar nicht aus, um auf die nächste Bahn zu warten, sondern blieb einfach sitzen und fuhr hin und zurück und hin und zurück, die Dinge waren so selbstverständlich. An einem Tag wurde die Strecke repariert, und alle Fahrgäste mussten am Bahnhof in eine Ersatzbahn umsteigen. Der Mann folgte einer Gruppe von Männern in Anzügen. Die wollten aber gar nicht umsteigen, die wollten verreisen, und vor den Bahnhofstüren machte der Mann kehrt und konnte keinen mehr finden, der in derselben Bahn gefahren war wie er. Dazu kam, dass auf jedem Gleis gleich mehrere Straßenbahnen fuhren. Er hätte einen Bediensteten nach dem Abfahrtsort seiner Straßenbahn fragen können, wofür er sich genierte, denn der Bedienstete hätte auf die Fahrpläne verweisen können, die der Mann nicht lesen konnte. Er hätte sich ein Taxi nehmen können, darauf kam er aber nicht. Er hätte zu Fuß gehen und nach dem Weg fragen können, was er aber nicht wollte. Also beobachtete er die ankommenden Straßenbahnen und nahm die mit der Tierreklame. Selbstverständlich war es die falsche Bahn. Der Mann bemerkte das schon nach einer Station, blieb aber sitzen. Die Bahn fuhr weiter als erwartet, schnell war die Stadt verlassen, schnell kam nach einem Randbezirk mit Plattenbauten eine ländliche Gegend, hier endete die Bahn. Der Mann hatte keine Ahnung, wo er war.

Aber was es hier gab: Bäume, Felder, Wiesen. Alles kam ihm bekannt vor, als sei er ganz in der Nähe des Hofes, auf dem er aufgewachsen war. Was für ein Gefühl. Er weinte. Heimweh. Nichts vermisste er mehr als den Hof, die Stille der Felder, der Wiesen, der Wälder. Er dachte daran, wie schön es dort war. Er dachte an seine aufgegebenen Karten, und dass er genau hier wieder damit anfangen könnte. Er dachte daran, allein durch seine Karte eine Bresche zu schlagen von hier zurück auf den Hof. Er dachte daran, dass es gehen könnte: Dass alles wieder wird, wie es war. Er hatte einen irrsinnigen Plan. Jeden Tag, sagte er sich, werde ich hier sein; jeden Tag ein Stück weiter laufen; bis ich den leeren Hof gefunden habe; dann ziehe ich wieder ein; dann wohne ich die eine Hälfte der Woche in der Stadt und die andere Hälfte der Woche hier. Mit einer der nächsten Straßenbahnen fuhr er zurück in die Stadt, gab sich am Bahnhof als auswärtiger Reisender aus und erfuhr so den genauen Abfahrtsort der richtigen Bahn in seine Straße.

Zu Hause angekommen, wollte er bei Frau Mater klingeln und ihr von allem erzählen. Stattdessen traf er im Flur einen Rettungssanitäter. Der stellte ihm viele Fragen, von denen der Mann die meisten nicht beantworten konnte; ob Frau Mater Probleme hätte, ob sie viel trinke, wie er sie beschreiben würde, eher lebensfroh oder traurig, eher kommunikativ oder zurückgezogen. Diesmal hatte Frau Mater noch Glück gehabt und kam am nächsten Tag wieder nach Hause, woraufhin der Mann ihr die Fragen des Rettungssanitäters stellte und Frau Mater ihn auslachte. Sie beschrieb dem Mann, dass sie etwas mehr Wein als üblich getrunken habe, wobei sie nicht ganz ausschließen könne, dass da nicht auch wieder Terroristen mit unbemerkt beigemischten Elixieren im Spiel waren. Als sich ihr alles drehte, hatte sie den Krankenwagen gerufen, in der Klinik war ihr der Magen ausgepumpt worden, aber das sei schon gut, bei einigen Naturvölkern würde so sogar der Krebs besiegt, das sei bewiesen.

Der Mann kaufte sich einen neuen Feldstecher und nahm ihn mit auf seine Wanderungen, lag stundenlang im Gras für den Sekundenblick. Mit der Zeit sah er immer mehr Tiere in immer kürzeren Intervallen, er bildete sich ein, dass die Tiere ihre Scheu nach und nach verloren. Die Streifzüge des Mannes durch die Wiesen wurden länger. Er begann, seine eigentümlichen Skizzen wieder anzufertigen, auf denen er nur für ihn verständliche Landkarten mit dem Stift in der Faust aufmalte. Diese Landkarten wurden immer größer, immer komplexer, komplexer, als sie früher gewesen waren, was den Mann darin bestärkte, tatsächlich das Land seiner Kindheit wiedergefunden zu haben. Er rechnete jede Minute damit, auf den Hof zu stoßen, er würde die Skizzen auf der Stelle fallen lassen und rennen, bis er wieder daheim wäre. Insgesamt hätte man nicht mal drei Stunden gebraucht, um jeden Meter des kleinen Stücks Land abzuwandern. Der Mann drehte sich im Kreis. Er nahm immer dieselben Wege durch die Wiesen, und er merkte nicht, dass sich seine Landkarten endlos anfüllten mit immer gleichem Land. Dieses Spiel trieb der Mann bis zur Perfektion. In der Morgendämmerung brach er in der Stadt auf und lief, bei Anbruch der Dunkelheit fuhr er zurück mit dem Gefühl, seinem Hof wieder ein kleines Stück näher gekommen zu sein. Dann war Schluss.

Der Mann lag auf den nassen Wiesen, die Sonne ging gerade auf und er beobachtete ein Reh. Es war ruhig wie nie, völlige Windstille. In der Nähe schoss ein Jäger, der Knall peitschte über die Wiesen und der Mann zuckte zusammen.

Die Rehe waren nicht mehr zu sehen, dem Mann war klar, dass an diesem Morgen alle Tiere wegbleiben würden. Nun war es genug. Der Mann wollte endlich nach Hause, warf die Skizzen weg und lief schnell und gleichmäßig geradeaus. Als es nicht mehr weiterging, stand er vor einem Abgrund, in dessen Tiefe er zahllose Maschinen und Arbeiter sah, man baute Kohle ab.

Der Mann drehte sich um, noch gab es zahlreiche Möglichkeiten, er ging zurück, fand seine Skizzen und damit seinen Ausgangsplatz, nahm die andere Richtung und lief, mehrmals vermutete er den Hof jeden Moment in Sichtweite, dann tauchte braunes Brachland vor ihm auf, er sah und hörte in geringer Entfernung die Autobahn.

Wieder drehte er um, zurück zu den Skizzen, in die dritte Richtung, wieder im Marschtempo, diesmal geradewegs an den Rand einer Neubausiedlung. Zurück bei den noch immer am alten Platz liegenden Blättern wurde ihm klar, dass die vierte Richtung zurück zur Straßenbahn und zurück in die Stadt führte.

Er ließ sich in das mittagswarme Gras fallen. Dort lag er, nass geschwitzt und müde, und dachte, dass es das nicht gewesen sein konnte. So schnell würde er das Land nicht aufgeben. Er sah sich seine Skizzen erneut an, stellte Fehler in seinen Aufzeichnungen fest und meinte schließlich, mindestens einen Weg noch nicht gegangen zu sein. Wer sagt denn, dachte der Mann, dass es nicht noch eine fünfte Richtung gibt. Er würde sich jemandem anvertrauen müssen, dachte er, irgendwem, der Stadt und Land gleichermaßen kannte. Unweigerlich stellte er sich seinen einarmigen Vater vor; wenn jemand Rat wüsste, dann er, aber –

In der folgenden Nacht schlief der Mann nicht. Immer, wenn er fast eingeschlafen war, hörte er das klagende und einem Singen ähnelnde Lallen von Frau Mater, gemischt mit dem endlosen Plärren des Radios. Nun reichte es. Er brauchte den Vater. Er brauchte den Rat. Es sollte sein wie früher. Am nächsten Morgen war alles einfach. Sich nach der Adresse zu erkundigen; Telefonate mit dem zuständigen Meister zu führen; die richtige Straßenbahn zu nehmen; in den richtigen Zug einzusteigen; in der kleineren Stadt auszusteigen; der Wegbeschreibung des Meisters zu folgen und vor den Toren der Mühle zu stehen. Es gab an diesem Morgen kein Wiesenland, keine Skizzen und keine Hoffnung, jeden Moment auf den verwaisten Hof zu stoßen. Aber es gab seinen Vater. Kinderhand in der ungeschlachten Vaterhand. Es kann nichts passieren, es wird nichts passieren.

Sein Herz schlug wie verrückt, als sie ihn in die kleine fensterlose Kammer ließen. Über sich konnte er das endlose Reiben der Mühlsteine hören, das Schleifen von schweren Säcken über hölzernen Boden. Dann kam sein Vater. Man musste ihm sagen, wo er sich hinsetzen sollte. Er sah nicht müde aus, er sah nicht wach aus, er sah nach überhaupt nichts aus, was der Mann kannte. Ungerührt saß sein Vater ihm gegenüber, als kenne er ihn nicht. Der Mann redete und redete auf ihn ein, aber nichts, keine Wut oder Trauer, nichts. Er erzählte ihm von den Tieren, die er auf den Feldern gesehen hatte. Er erzählte von der Idee, den Hof in der fünften Himmelsrichtung zu finden. Er erzählte, wie er sich vorstellte, dass das Leben sein könnte. Aber nichts, nichts, überhaupt nichts schien den Vater zu erreichen. Als einer der Müller nach einer halben Stunde die Besuchszeit für beendet erklärte, hatte der Mann schon längst geschwiegen. Keine Regung beim Vater, nur ein unnatürlich gleichmäßiges Öffnen und Schließen der Lider, in seinen Augen: Wüste. Der Vater folgte dem Müller reglos, ohne jede Zustimmung, ohne jeden Widerstand, er folgte dem Müller ohne ein Wort, ohne einen Blick zurück. Dann blieb er stehen, drehte sich um, der Müller ließ ihn gewähren. Der Vater kniff die Augen zusammen und öffnete sie, und in diesem Moment schien er den Mann zu erkennen, der Mann stand auf, bereit, den Vater zu umarmen. Der Vater grinste, aus seinem Grinsen wurde ein Lachen, aus dem Lachen ein viehisches Johlen. Erst, als der Müller ihn hart am übrigen Arm anfasste, beruhigte sich der Vater langsam und sprach, einen Punkt über oder hinter dem Mann fixierend: Schweinedreck und Hundescheiße von den Alpen bis zum Strand! Ich lach mich kaputt! Wieder brach der Vater in hyänenhaftes Gelächter aus; der Müller hatte Mühe, ihn aus dem Raum zu zerren. Über die weitläufigen Flure hörte der Mann die irre Stimme seines Vaters und die immer klagenderen Rufe, erst nach dem Bürgermeister, dann nach der Polizei, schließlich und als Letztes hörbar nach seiner Mutter, wonach sonst.

Der Mann kauerte zusammengesunken auf dem Stuhl, er hörte seinen Herzschlag und dachte: Das ist mein Herzschlag.

Wortlos wie zuvor stand der Müller nach einigen

Minuten in der Tür, wortlos erhob sich der Mann und ging so eng an der Seite des Müllers, als gehöre er zu denen hier, als wohne er mit seinem Vater in einem Raum, zwischen den Mühlsteinen.

Nicht mehr viel los mit ihm, sagte der Müller schließlich leise und klopfte sich ein wenig Mehl von der Schürze. Der Mann hatte genug. Er wollte nichts mehr von der Welt wissen. Er meldete sich bei seiner kleinen Arbeit auf unbestimmte Zeit krank, was kein Problem war, da seine Anwesenheit dem Betrieb eines Pflegeheims zwar nicht schadete, ihm aber auch nicht direkt nützte. Er sagte Frau Mater, er werde in den nächsten Monaten eine Reise unternehmen und nur tageweise noch in der Stadt sein. Er verlegte seine Einkäufe in die frühen Morgenstunden, wenn Frau Mater endlich schlief. Er hörte nicht mehr auf ihr Klingeln und verließ die Wohnung nie ohne Not. Er ließ sein Dauerticket für die Straßenbahn verfallen. Er kaufte sich eine ganze Stange Zigaretten. Er kam bei der letzten Schachtel und bei der letzten Zigarette innerhalb weniger Tage an, und als dann Glut und Asche ungünstig von der Spitze abfielen und eine kleine, graue Flocke auf seinem Pullover landete, da kam ihm das vollkommen ungehörig vor und er gab das Rauchen wieder auf.

Es war nicht mehr viel los mit dem Mann.

Er lag den ganzen Tag nur in der Wohnung und

starrte die Decke an. Einmal wurden in dem kleinen Supermarkt, in welchem er seine Einkäufe erledigte, billige Bildbände verramscht. Er kaufte einen Band über die heimische Tierwelt auf dem Land im Winter und durchblätterte das Buch mehrmals am Tag. Während dieser Abwesenheit des Mannes von der Welt passierte einiges:

Der Hof wurde nach einem Gewitter zerstört, weil ein Blitz in einen alten, massigen Baum eingeschlagen war, der umstürzte und einen kleinen Schuppen zum Einsturz brachte, der wiederum mit zahlreichen Benzinkanistern gefüllt war, die umfielen und ausliefen und nichts ausrichteten, bis ausgerechnet ein neugieriger Wanderer am nächsten Tag seine Zigarette in die Nähe einer kleinen Benzinspur warf, die zu einer größeren führte, die ihrerseits bis zur Mitte des ganzen Malheurs reichte, welches durch den weiten Weg mit etwas Zeitverzögerung und lautem Knall in die Luft flog und Scheune, Hauptgebäude und Ställe sofort in Brand setzte. Zurück blieb nicht viel außer einem unversehrten Wanderer, der so verdutzt guckte wie sein weniger glücklicher Vorgänger Jahre zuvor. Die Grünfläche zwischen Stadt und kleinerer Stadt wurde nach Gutachten von Jägern, Förstern und Naturschützern zur Hälfte zum Naturschutzgebiet erklärt und zur anderen Hälfte einplaniert und für einen Autobahnzubringer verwendet.

Das ein oder andere Familienmitglied des Mannes starb. Der »Schnürende Fuchs« wurde geschlossen. Das Dorf des Mannes wurde zum schönsten Dorf, die Stadt des Mannes zur schönsten Stadt der Region gekürt. Das alles verpasste der Mann, aber dann ging es auch ganz schnell.

Der Mann wollte wie üblich im Morgengrauen die Wohnung verlassen und Einkäufe machen, er stutzte, weil das Radio lief, obwohl Frau Mater sonst zu dieser Zeit schlief. Als er seine Tür öffnete, sah er, wie sie Frau Mater gerade die Treppe hinuntertrugen. Reglos stand der Mann vor der Tür und hörte der Morgenlesung im Radio zu, ein Gedicht: ... *heute vergleiche ich, und Trauer überfällt mich, diese Stirn, voller Glück, und diese, voller Kummer, goldne Sonne, Nebelschwaden, während die Jahre untergehn ...*

Das Radio stand direkt neben der Wohnungstür auf einem kleinen Tisch, der Mann schaltete es aus. Er kam zurück in seine Wohnung, raffte seine wenigen Kleidungsstücke zusammen, packte sie und den Bildband in einen Rucksack und verließ das Haus. Nichts gab ihm mehr einen Grund, länger in der Stadt zu bleiben. Vielleicht war auch Frau Mater nie ein Grund zum Bleiben gewesen, aber immerhin, wenn das Radio geplärrt hatte, dann hatte der Mann ruhig geschlafen.

Seinen Wohnungsschlüssel warf er in den Briefkasten von Frau Mater. Der Mann hatte keine Ahnung, auf welchem Weg er zurück aufs Land gelangen sollte. Er fühlte sich hilflos wie ein Kind. Er ging zur Bank und hob alle Ersparnisse ab. Noch immer wusste er nicht, was zu tun war. Wieder mit der Straßenbahn bis an den Rand der Stadt und dann zu Fuß, dafür war es zu spät. Erst jetzt gestand er sich ein: Seine ganzen Landkarten waren sinnlos, er hatte sich einfach und schlichtweg getäuscht. Er schob die Abreise auf und wollte sich noch endgültig im Pflegeheim verabschieden, die flüchtige Bekanntschaft mit den Schwestern und Pflegern dort zu einem würdigen Ende bringen. Wenigstens das. Da die Sonne schon morgens schien, hatte man die Bewohner nach dem Frühstück in ihren Rollstühlen vor die Tür geschoben, wo sich eine parkähnliche Anlage befand. Dort blieben sie stundenlang sitzen und redeten leise vor sich hin oder schliefen. Der Mann kam also am Pflegeheim an und konnte nicht fassen, was er sah: Dort saß seine Mutter, im Rollstuhl, mit gesenktem Kopf vor sich hin dösend.

Der Mann ging zu ihr und strich ihr über die Schulter, die Mutter wachte auf und blickte den Mann an, sie lächelte.

Das bist wirklich Du.

Die Mutter nickte.

Erkennst Du mich.

Die Mutter nickte.

Bist du schon lange hier.

Die Mutter nickte.

Ich will nach Hause, willst Du mit.

Die Mutter nickte.

Kurz prüfte der Mann die Umgebung, keiner der anderen Bewohner schien ihn zu beachten, also löste er die Bremsen des Rollstuhls und schob seine Mutter davon.

Er lief mit ihr quer durch die Stadt, er lief stundenlang, und er erzählte. Der Mann erzählte, die Mutter hörte zu.

Das Gemeine ist, dass die Mutter weder den Mann erkannte noch ein Wort verstand. Das Glück war, dass der Mann es nicht bemerkte. Immer, wenn der Mann anhielt und sich zu ihr herunterbeugte, immer, wenn er sie etwas fragte, lächelte die Mutter und nickte, sobald der Mann weiterschob, senkte sie ihren Kopf und schlief wieder ein. Es wurde Mittag und Nachmittag, die ganze Stadt hatte der Mann seiner Mutter erklärt, und sie hatte genickt. Nun war der Mann müde. Er schob den Rollstuhl mit der schlafenden Mutter in den Park, setzte sich auf eine Bank und wollte ausruhen. Kräfte sammeln. Denn nach dem Aufwachen, dachte er, schiebe ich weiter, raus aus der Stadt, rauf aufs Land, zurück zum Hof, und alles nimmt ein gutes Ende. Natürlich dauerte es Ewigkeiten, bis der Mann mit der Mutter das alte Land erreichte. Natürlich kamen die Dinge nach der Ankunft dann, wie sie kamen. Aber das spielt keine Rolle. Der Mann saß im Park, schlafend, neben seiner Mutter, schlafend. Und er träumte: Wie er seine Mutter schiebt, bis nach dem Feldweg der unversehrte Hof in Sichtweite kommt, und wie für einen Moment lang nur noch die Sonne Macht über beide hat, sonst niemand.

Königskinder

Er drehte den Knopf in seinem Ohr zurecht und ordnete den Kragen unter seiner Anzugjacke. Nächsten Monat würde er siebzig werden. Wilhelm. Ein kleiner untersetzter Mann, sein Haar durchzogen von grauen Strähnen. Wilhelm wollte nie als Wachmann in der Sparkasse arbeiten. Wie sein Vater und der Vater seines Vaters war er Bergmann geworden. Als der Untertagebau sich nicht mehr lohnte, wurde er Schmied. Bei vierzig Grad Celsius. Jahrzehntelang. Währenddessen bekam er mehrere Kinder, trank Bier und Schnaps, ging selten in die Kneipen und noch seltener in den Gottesdienst, ließ einen Bungalow errichten, nahm seine Jungen auf die Schultern und ritt mit ihnen durch den Wald, machte weniger als eine Handvoll Reisen an die Nordsee. Sonst keine. An seinem Sechzigsten war sein Rücken endgültig im Eimer. Eine Operation unumgänglich, sonst würde er im Rollstuhl landen. Er bekam einen kleinen Grundstock an Rente von der Knappschaft. Genug, um den Bungalow zu halten. Die Operation verlief erfolgreich. Alles wurde gut.

Kurz vor Weihnachten saß seine Frau in der Küche und war am Stickrahmen beschäftigt. Wilhelm trat ein, sah sie an, und schon lag sie da. Ein dumpfer Schlag wie von Sperrgut, der Stickrahmen neben ihr. Einfach umgefallen. Man öffnete ihren Schädel. Dann ließ man sie schlafen. Sie verschlief Weihnachten, Ostern, Wilhelms und ihren Geburtstag. Als Wilhelm dachte, jetzt hört der Schlaf nie wieder auf, sah sie ihn mit erstaunten Augen an. Wilhelm überredete die Sparkasse zu großzügigeren Konditionen gegen höhere Zinsen. Er konnte nicht mehr arbeiten, denn er wollte seine Frau nicht aus den Händen geben. Dann konnte seine Frau wieder auf eigenen Beinen stehen, dann konnte sie wieder laufen, dann konnte sie wieder Kartoffeln schälen. Was blieb, war ein straff geschnürtes Bündel der Angst. Seine Frau träumte jede Nacht. Vom Feuer im Haus gegenüber. Dass sie ihren eigenen Bungalow Hals über Kopf verlassen muss, dass sie ihren kleinen Sohn in der Stadt vergessen hat, obwohl der kleine Sohn längst schon selbst kleine Söhne hatte. Wenn der Morgen kam, fürchtete sie den aufgehenden Tag, wurde es Abend, machte ihr nichts mehr Angst als der Gedanke an die Nacht. Bald spielte die Bank nicht mehr mit. Wilhelm kam mit den Raten nicht nach. Er musste wieder arbeiten und wurde Wachmann bei der Sparkasse. Ausgerechnet. Zubrot für Rentner. Von neun Uhr morgens bis fünf Uhr nachmittags an der Eingangstür stehen. Das Gefühl von Sicherheit vortäuschen. Mehr nicht. Was hätte Willi ausrichten sollen, wenn einer vor ihm gestanden hätte, Knarre im Anschlag. Während er in der Sparkasse stand, kümmerte sich eine Nachbarin um seine Frau. Gegen Taschengeld. Aber er musste in Rufnähe sein.

Am liebsten war ihm, wenn man ihn in Ruhe ließ. Sein Ohr entzündete sich dauernd von diesem kleinen Knopflautsprecher, durch den »im Ernstfall Alarm geschickt« wurde. Wilhelm hörte nicht darauf. Er hatte ein kleines Radio angeschlossen. Sein Sender mit Schlagern. Um siebzehn Uhr verließ er die Sparkasse und ging zum Altmarkt in die Bibliothek, in der er seiner Frau einen Film für den Abend ausborgte. Dann lief er vom Altmarkt nach Hause. Die Fußgängerzone war ausgestorben. Jeder Tag ein Sonntag. Zwei Läden für Damen- und Herrenbekleidung. Ein Buchladen, wo Wilhelm seine Lottoscheine abgab. Der Friseur war im letzten Jahr neunzig geworden; er schnitt hier schon die Haare, als der Krieg gerade vorbei war. Zu Hause nickte er der Nachbarin wortlos zu. Er umarmte seine Frau, gab ihr einen Kuss und legte den Film auf. Er ging in die Küche, machte Brote, brachte sie seiner Frau, die über dem

Film das Essen vergaß, kam zurück zum Küchentisch, setzte sich hin, leerte eine Flasche Mineralwasser und starrte die Wand an. Rief seine Frau, war der Film zu Ende. Er setzte sich in seinen Sessel und rauchte. Sie guckten die Spätnachrichten, anschließend schaltete Wilhelm um und seine Frau und er sahen in der letzten Stunde vor dem Schlaf den Tierkanal, wo es um Löwen in Afrika ging, um Zebras, um alle möglichen fernen Wesen, die in Wilhelms Träumen wieder auftauchten.

Wilhelm drehte den Knopf in seinem Ohr zurecht, ordnete den Kragen unter seiner Anzugjacke. Er trat unruhig von einem Bein aufs andere, die Folklore im Ohr ging ihm auf die Nerven. Alle paar Minuten schaute er auf die Uhr. Statt Unruhe fühlte er jetzt: tiefe Müdigkeit. Er gähnte ungeniert, seine graubraunen Haare standen, wie sie wollten. Er hatte vergessen, sie zu kämmen. Mutwillig. Wilhelm hängte seinen Anzug in den Schrank. Morgen war Wochenende. Montag musste er in die Kreditabteilung. Schon wieder. Alles zu viel in letzter Zeit. Kaum war er einige Schritte Richtung Altmarkt und Leihbücherei gegangen, als ein Knall durch die Straßen fegte. Gasleitung, Explosion, Feuer, alle tot, dachte Wilhelm und zuckte zusammen. Er wollte sich auf den Boden werfen, wie als kleiner Junge, als er im Hochbunker gesessen hatte und eine Fliegerbombe dessen Ecke streifte. Aber nach dem Knall brandete Jubel auf. Beruhigung: Es ist Schützenfest. Sie haben einen neuen König.

Manchmal ging er nach Feierabend noch in den »Grünen Krug«. Die einzige Kneipe, die geblieben war. Sie hielten sich mit geschlossenen Gesellschaften über Wasser, Geburtstagsfeiern und Hochzeiten. Heute war mehr los als sonst. An einem Tisch saßen Jungen in Paradeuniform und nippten an ihren Limonaden. Sie warteten auf den Umzug. Der neue König präsentiert sich dem Volke. Einen Tisch weiter saß die Delegation eines anderen Schützenvereins, sehr besoffen. Wilhelm setzte sich an seinen Platz am blind gewordenen Fenster. Ein neuer Kredit. Eine neue Last. Das Bier schmeckte ihm. Ein Glück, dass Wochenende war. Als er am Eindösen war, erschreckte ihn eine unbekannte Stimme: Hab ich Dich gefunden, sagte sie. Was, sagte Wilhelm. Ein großer, schlaksiger Mann mit grauen kurzen Haaren. Nicht wesentlich jünger als Wilhelm. Er hatte ihn noch nie zuvor gesehen, weder hier noch in der Stadt. Was willst Du, sagte Wilhelm. Ich hol Dich ins Boot. Meine Name ist Theodor. Ich bin König von Korsika. Er streckte Wilhelm seine große Hand entgegen. War einige Jahre auf Hoher See. Jetzt bin ich wieder da, sagte der Andere. Kann ich auf Dich bauen. Du bist doch bekloppt, sagte Wilhelm, trank sein Bier aus, ging zum Tresen und zahlte; der Wirt zuckte nur mit den Schultern. Wilhelm, rief der Andere.

Als Wilhelm neben seiner Frau lag, schien ihm der Mond ins Gesicht. Wochenende. Das war gut. Zu viele Gedanken. Warum das alles. Er bezahlte immer noch an diesem schmucklosen Bungalow mit Gemüsebeet, wo er jedes Frühjahr Erbsen säte, die ungenießbar waren. Sicherlich, dachte er, besser als ein Hochhaus, besser als Ärger mit Nachbarn, die einem zu eng auf der Pelle sitzen. Der Bungalow war nicht größer als ein Anbau. Eine Art luxuriös ausgebauter Schuppen, ja, im gewissen Sinne nur ein großräumiger Verschlag. Dann dachte Wilhelm: Ein Verschlag, kann sein. Ein Haus ohne Treppen ist kein Haus, sagt man so. Aber wenn, dann hatten sie einen Luxusverschlag. Ja, dachte er, wenn Könige in Verschlägen wohnen, dann in so einem holzvertäfelten, gut isolierten Prachtverschlag. Dann dachte er wieder: Warum das alles. Mit seinen Söhnen war nicht zu rechnen. Die interessierten sich kaum noch für ihn. Der eine wohnte mit Kindern im Nachbarort. Der andere lebte allein in New York und dokterte am neuen Welthandelszentrum rum. Keiner von beiden wollte den Bungalow. Warum spinn ich heute so, dachte Wilhelm, bestimmt der Mond. Er drehte sich zu seiner Frau und schlief lange nicht ein. Das Wochenende verbrachte er im Garten. Er saß zwischen den unnützen Erbsenstauden und hörte Schlager im Radio. Abend schmiss er für seine Frau und sich Würstchen auf den Grill. Sie war selig. Wie immer. Was wusste sie schon vom Geld. Nichts mehr.

Wilhelm erfuhr am Montag aus der Zeitung, dass das Schützenfest böse ausgegangen war. Der frisch gekürte König hat sich in der Nacht von Samstag auf Sonntag auf dem Dachboden aufgehängt. Es war das Thema am Montag in der Sparkasse. Wilhelm hörte alle Theorien: Er war homosexuell, er war unglücklich verliebt, er hatte Krebs. Wilhelm war das egal. Er war nervös. Er musste in die Kreditabteilung. Kurz vor Feierabend. Ob er wollte oder nicht. Sein schnurrbärtiger, glatzköpfiger Berater erwartete ihn schon. Kommen Sie, rief er, ich habe wenig Zeit. Wilhelm konnte den Kerl noch nie leiden. Gelangweilt spielte der Glatzkopf mit zwei Murmeln zwischen den Fingern: Die Zeiten haben sich geändert, sagte er. Hm, sagte Wilhelm. Wir können nichts mehr drehen, sagte der Glatzkopf, es fehlt Sicherheit. Sie fahren ständig am Limit, da fehlt einfach die Sicherheit. Sicherheit, sagte Wilhelm. Tut mir leid, sagte der Glatzkopf, da müssen Sie selbst ein bisschen rechnen. Aber das schaffen Sie schon. Wilhelm stand auf, ging auf ihn zu, zog ihn am Kragen hoch und rief: Du blöde Arschglatze, und gab ihm eine heftige Backpfeife.

Wilhelm ging in den »Grünen Krug«. Er zitterte. Er setzte sich an seinen Platz und brauchte mehrere Biere und Schnäpse, bis er sich wieder beruhigt hatte. Er nahm eine Selbstgedrehte nach der anderen aus der braunen Blechbox, die ihm seine Söhne zum Vatertag geschenkt hatten. Anders, seine Frau hatte sie gekauft, seine Söhne hatten sie ihm mit feierlicher Miene überreicht, bevor er mit ihnen in den Wald gegangen war, in die angrenzenden Schrebergärten, wo die Kinder in einer kleinen Wirtschaft Limonade bekamen und er Bier und Schnäpse trank. Wilhelm hatte sich wieder gefangen, stützte seinen Kopf auf die Faust und sah aus dem Fenster; dort nahmen sie den Festschmuck des Schützenvereins wieder ab, niemand trug mehr eine Uniform. Der König ist tot. Alles abgeblasen. Dass er heute weit später als üblich nach Hause kam, war kein Problem; er hatte der Nachbarin gesagt, es kann länger dauern. Er hatte einen letzten Kurzen getrunken und seine Zigaretten eingesteckt. Da kam der Verrückte von gestern wieder an seinen Tisch und setzte sich einfach hin. Wilhelm fehlte die Kraft zur Gegenwehr. Du schon wieder, sagte Wilhelm. Mein Angebot, sagte der Andere. Ne, sagte Wilhelm. Er musterte den Anderen. Der hatte doch nicht mehr alle Tassen im Schrank. Trinken wir erst mal, sagte der Andere, ich lad' dich ein. Wilhelm sagte nichts, und dann kamen schon die

Schnäpse. Theodor, sagte der Andere mit zucken-
den Augenlidern und prostete ihm zu. Woher, sagte
Wilhelm, kommst Du denn eigentlich. Von Korsika.
Nein, sagte der Andere, aus Lüdenscheid. Ich regiere
vom Exil aus. Dann hast Du wohl viel zu tun, als König, sagte Wilhelm. Ja, sagte der Andere. Die letzten
Jahre habe ich Beute gemacht. Du bist also König,
sagte Wilhelm. So richtig mit Krone. Die Neuhoffs
tragen keine Kronen, sagte der Andere, die sind Seeräuber. Seeräuber, sagte Wilhelm. Und was willst Du
von mir. Dich ins Boot holen, sagte der Andere. Ich
werde Korsika zurückerobern. Und ich brauche einen
Adjutanten. Wieso mich, sagte Wilhelm. Man sagt,
Du bist ein feiner Kerl, sagte der Andere. Nein, sagte
Wilhelm, das ist nichts für mich. Ich bereite alles
vor, sagte der Andere und donnerte entschlossen mit
der Faust auf den Tisch. Ich hol mir meinen Thron
zurück. Und Du kannst mit. Noch bevor Wilhelm
was sagen konnte, war Theodor aufgesprungen. Der
Wirt hatte ein Tablett voller Gläser zu Boden fallen
lassen. Theodor hatte sich geduckt und war wie vom
Hafer gestochen aus der Kneipe gerannt. Dreh nicht
so am Rad, sonst kommste nicht mehr rein, rief der
Wirt. Wilhelm sah dem König von Korsika durch
das milchige Glas noch lange nach.

Er schlief in dieser Nacht schlecht. So viel Bier, so
viel Schnaps und so viele Zigaretten. Er war fast sieb-

zig. Noch vor dem Morgengrauen wachte er auf und schlief nicht wieder ein; er erinnerte sich an einen Traum. Zum ersten Mal in seinem Leben: Er schob seine Mutter im Rollstuhl einen langen Feldweg entlang, an dessen Ende ihr Gehöft liegen sollte. Schon im Traum wunderte sich Wilhelm. Sie hatten immer nur in schmucklosen Arbeitersiedlungen gelebt, die letzten Bauern in seiner Familie hatte es vor Jahrhunderten gegeben. Der Traum wurde schlimm: Denn als sie am Hof ankommen sollten, war er verschwunden, anstelle des Hofs nur noch eine merkwürdig graue Brache, auf der nichts mehr wuchs. Es ist, wie es ist, dachte Wilhelm, die Verrückten machen einen verrückt, das war schon immer so, Amen.

Als er am Morgen den schmalen Umkleideraum der Sparkasse betrat, fiel ihm der Umschlag auf, an seinen Schrank geklemmt. Er nahm seine Brille. Amtlicher Schrieb. Man danke ihm für seine Treue, für seine gewissenhafte Amtsausübung, aber man habe entschieden, ihn zum Ende des Monats freizusetzen. Als Geschenk zu seinem runden Wiegenfest. Man habe lange überlegt und es sich nicht einfach gemacht, man sei abgrundtief dankbar, man wünsche ihm alles Gute im Ruhestand, man werde ihn in bester Erinnerung behalten. Wilhelm war so außer sich, dass er weinte. Das war ihm noch nie passiert. In aller Öffentlichkeit. Am frühen Morgen.

Er blieb vor der Bücherei einen Moment neben Otto Maloche stehen, einer gusseisernen, lebensgroßen Figur, die zum Symbol für die Stadt geworden war: Otto Maloche steht, auf seine Schmiedezange gestützt, seit Jahrzehnten da und wischt sich mit angestrengter Miene den Schweiß von der Stirn. Wilhelm setzte sich hin. Alles tat ihm weh. Das war's, dachte er. Mehr nicht. Immer nur: Das war's. Er suchte nach einer Lösung. Er wusste nicht, ob seine Frau das verkraften würde. Wie auch immer: Es musste sein. Heute würde alles noch so laufen wie bisher. Ein letztes Mal. Nachdem er fast zwei Stunden so gesessen hatte, betrat er die Leihbücherei. Er ließ sich diesmal mehr Zeit, las mit seiner kleinen Brille jede Beschreibung auf der Rückseite der Verpackungen, die Scheiben mit Filmen enthielten, und fand noch einen, von dem er meinte, seine Frau habe ihn noch nicht gesehen. Dann humpelte er zu den Bücherregalen und suchte einen der schwersten Bände, den die Leihbücherei hatte. Das dickste Geschichtsbuch, das er finden konnte. Er setzte sich an einen ungestörten Platz, nahm seine kleine Brille heraus und suchte, mit dem Finger unter den Zeilen, nach dem König von Korsika. Er bewegte die Lippen, als er den Artikel las. Theodor Neuhoff. Abenteurer. Es stimmte alles. Er hatte die Korsen überrumpelt, und sie hatten seinen leeren Versprechungen in größter Not geglaubt und ihn zum

König gekrönt. Er hatte sein eigenes Königreich gehabt. Das war sein Traum gewesen, und selbst in den letzten Jahren seines Lebens, als man ihn längst in einer kleinen Barke von der Insel gejagt hatte, als er schon halb erblindet und völlig verarmt war, erzählte er weiter von seinem Traum des eigenen Königreichs, und fand den einen oder anderen, der ihm Geld oder Essen gab für seine Geschichte.

Auf dem Weg zum »Grünen Krug« war Wilhelm hin- und hergerissen. Einerseits hatte er den Brief mit seinem Rausschmiss in der Innentasche; er gehörte nach Hause. Zu seiner Frau, dem Brot und dem Mineralwasser und den Spätnachrichten und dem Tierkanal. Die Stunden bis zum Abend könnte er wandern. Wie an Feiertagen, wie früher. Andererseits wollte er Theodor Neuhoff aus Lüdenscheid wiedertreffen. Es gab in diesem Moment des Zauderns zwei Wilhelms: Wilhelm, den entlassenen Sparkassenwächter, der in einigen Tagen siebzig wurde. Dessen Leben vorbei war. Und Wilhelm, den Abenteurer, der sich nichts sehnlicher wünschte, als von diesem Scharlatan an die Hand genommen zu werden und dahin zu gehen, wo nicht mal die besten Tierfilmer hinkamen. Kein Mensch saß im »Grünen Krug«, als Wilhelm die Kneipe betrat. Es war Vormittag. Der Wirt sah Wilhelm erstaunt an. So früh hatte er ihn noch nie gesehen, nicht mal an den Wochenenden.

Wilhelm sah sich um, ging sogar in den Gang, der zu den schäbigen Klos führte. Was für ein Unsinn, hier nach einem König zu suchen. Suchst Du Deinen Kollegen, sagte der Wirt. Wo ist er, sagte Wilhelm. Muss mit ihm sprechen. Der Wirt lachte. Der Penner ist weitergezogen, sagte er, ein Glück. Bis zum Abend trank Wilhelm viele Biere und Schnaps. Er war betrunken, als er sich auf den Rückweg machte. Er blieb am Schaufenster der Lokalzeitung stehen. Dort hingen schon die Nachrichten von morgen. Wilhelm nahm seine Brille heraus. Er schüttelte den Kopf: Das gibt es nicht. Das kann nicht sein. Erste Schlagzeile: Mitbürger wird König. Zweite Schlagzeile: Stadtrat beschließt in Eilsitzung: Theodor Neuhoff zweiter Ehrenbürger nach Otto Maloche.

Im Bungalow angekommen tat Wilhelm so, als wäre nichts geschehen. Er erwähnte nicht, dass sie den Bungalow aufgeben mussten. Er verlor kein Wort über Theodor Neuhoff. Seine Frau durfte sich nicht aufregen. Das konnte sie töten, sagten die Ärzte. Gegen jede Gewohnheit sah er sich den Film an, den er seiner Frau gebracht hatte. Er bekam nichts davon mit. Auf der Stelle schlief er vor dem Fernseher ein, kein Mineralwasser und keine Brote, was seiner Frau aber nicht auffiel, weil sie guckte und qualmte. Später schaltete Wilhelm auf den Tierkanal. Es ging um Wildhunde, und wie gering die Chancen sind, dass auch nur ein Junges aus dem Wurf das erste Jahr überlebt, wie es für sie immer schwieriger wird, weil die Menschen alles aus dem Gleichgewicht bringen. Wilhelm hatte seine Frau ins Bett gebracht. Wie jeden Abend. Ihr in den Schlafanzug geholfen und sie zugedeckt. Er legte sich neben sie. Sie hielten sich an den Händen, ab und zu machten sie das, besser, ab und zu verlangte seine Frau im Bett nach Wilhelms Hand, die er ihr ohne Widerwillen reichte. Er hörte sie gleichmäßig atmen. Schlafen konnte er nicht. Langsam löste er ihre Hand aus seiner und ging in die Küche. Er leerte eine Flasche Mineralwasser und starrte die Wand an. Dann nahm er das Telefon und rief seinen Sohn in New York an. Er bat ihn, sich um die Formalitäten zu kümmern. Er hatte mehr Ahnung davon. Als hätte sein Sohn schon damit gerechnet, machte er sofort genaue Angaben, was für den Bungalow zu erwarten ist, was nach Abzug der Kredite übrig bleibt, welche Wohnung zur Miete in Frage kommt. Als Wilhelm aufgelegt hatte, fühlte er sich besser. Seine Frau schlief tief und fest, als er sich wieder neben sie legte. Wir zwei Königskinder. Eine Mietwohnung, dachte er. Eine Einliegerwohnung in der Nähe vom Altmarkt, nahe der Leihbücherei, mit separatem Eingang. Besser als nichts. Seine Frau nahm seine alte, trockene Hand in ihre. Plötzlich hatte er starke Schmerzen in der Brust. Alles krampfte sich zusammen. Er rief um Hilfe, aber sein Schreien erstickte. Er wusste nicht, was er machen sollte. Seine Frau wachte nicht auf, nicht mal ihre Hand konnte er drücken. Nach kurzen Momenten war alles vorbei. Ein Alptraum, dachte er, als er schweißgebadet erwachte. Er hatte keine Schmerzen. Nicht mal im Rücken, der ihm sonst zu schaffen machte. Jemand bollerte an die Tür. Draußen war Trubel. Wilhelm zog sich schnell was drüber und öffnete: Was für ein Hallo! Da stand Theodor Neuhoff aus Lüdenscheid, rechtmäßiger König von Korsika, und reichte ihm die Hand. Hinter ihm: Ein langer Tross. Moderne, gepanzerte Limousinen. Was machst Du denn hier, rief Wilhelm. Immer noch ganz erstaunt. Ich fahre jetzt, sagte Theodor. Du kommst mit. Einfach so, sagte Wilhelm. Einfach so, sagte Theodor. Seine Frau ließ sich anstandslos anziehen. Sie glaubte wohl, sie träume noch. Sie glaubte wohl, das sei noch der Film vom Abend davor. In weniger als zehn Minuten hatte Wilhelm alles, was ihr Leben war, in zwei Koffer gepackt. Seine Frau trug einen schönen Hosenanzug, den er ihr für Weihnachten gekauft hatte. Wilhelm sah ein letztes Mal nach dem Garten. Wer anders würde hier bald Erbsen züchten. Theodor begrüßte Wilhelms Frau wie eine alte Freundin, hakte sich bei ihr unter und führte sie zur Tür hinaus. Beeilung, sagte Theodor. Das Schiff geht bald.

Einsame Bahnen

Das Gesicht ins Moos gedrückt. Atmen, so weit möglich. So war das nicht geplant. Neben ihm winselt der Hund. Regen, der auf ihn fällt und an der Seite herunterläuft. Auf weichem Untergrund gebettet wie ein kleines Kind. Als er geboren wurde, lag der Schnee so hoch wie nie. Er wird sein Geld zurückverlangen. Alles tut ihm weh. Keine Schmerzen, wurde ihm versichert. Er hat Angst. Das Herz am falschen Fleck. Er merkt, wie die Pumpen falsch pumpen. Er leckt sich über die trockenen Lippen und denkt an das, was er alles nicht gemacht hat. Etwas Blut gerät ihm von der Zunge auf die Lippen, der Hund winselt und will mit seiner klebrigen Zunge an ihn ran, er muss sich wegdrehen. Gesicht drehen unmöglich. So war das nicht geplant. Keine Lust, zu leiden. Das hatte er ihm gesagt. Ein Kribbeln auf der Gesichtshälfte im Moos. Kleine Tiere, die seine taube Seite schon besetzt haben. Was hatte er für ein Leben. Ein beschissenes. Ein schönes. Ein beschissenes. Ein schönes. Im Kopf zerzupft er den Kopf einer Blume. Seine Beine sind schon taub. Es ist kalt. Seine Arme sind zu schwach. Sein Körper zu schwer, um sich aufzustützen. Zum Rufen ist er zu kraftlos oder zu stolz. Kein Auto kommt an, keins fährt ab. Die Busse sind schon längst weg. Seit Stunden. Er ist allein. Scheißdreck. Er lebt.

Nichts ist schlimmer als diese Kopfschmerzen. Vor drei oder vier Tagen war Weese angekommen. Er hatte in der Nähe einen Job zu erledigen. Gut bezahlt, kein Akt. Er war Profi. Diskret und sauber. Direkt nach dem Aufstehen machte er einige Liegestütze. Dann prüfte er seine Werkzeuge. Von einem Auftrag konnte er gut und gerne drei Monate leben. Er war einfach verdammt gut. In seinem Schädel hämmerte es. Er öffnete seine Reisetasche und zog eine Flasche mit Whisky raus, spülte zwei Schmerztabletten mit einem kräftigen Schluck runter. Dann besah er im Morgenlicht seine große Sonnenbrille, polierte die Gläser und setzte sie auf. Er war richtig gut. Er nahm noch einen großen Schluck Whisky, gegen die Übelkeit. Bei seinem Vater wurde er sofort krank. Immer. Am ersten Tag der Kopf, am zweiten musste er dauernd brechen, und spätestens am dritten war er ein Wrack. Ein Wochenende im Haus der Kindheit: schlimmer als zwei Jobs hintereinander. Alles schlug über Weese zusammen. Sein Vater hatte ihm die Sachen zugeschoben, die liegen geblieben waren. Alles musste erledigt sein, für alles war er verantwortlich und alles machte er, sagte sein Vater, falsch und schlecht. Weese war zur Finanzbehörde gefahren, mit dem Hund beim Tierarzt gewesen, hatte die Dachpappe auf der Gartenlaube mit heißem Teer ausgebessert, die Terrasse abgespritzt, die Regentonnen gereinigt und die Stühle im Wohnzimmer und in der Küche geleimt. Wem zuliebe tat Weese das eigentlich. Kaum war er aufgestanden, brüllte es schon von unten. Weese, komm her. Er fasste sich an den Kopf. Hinter der Stirn pochte es heftig. Klar wollte er seinem Vater mal so richtig auf die Schnauze hauen, aber er tat ihm leid: Nur noch ein kleiner, alter Mann.

Willi machte den Hund los, nahm die Zeitung aus dem Kasten und sah sich das Haus an. Musste gemacht werden. Die Fassade schimmerte grün und war von Rissen übersät, das lag an der billigen Bauweise. Seit Willi nicht mehr arbeitete, ging er vor die Hunde. Sein Knie brachte ihn um. Er kochte Kaffee, setzte sich an den Küchentisch und blätterte die Zeitung durch. Heute war sein Geburtstag. Alte Bekannte hatten eine Feier organisiert, draußen an der Autobahn. Er konnte keinen von ihnen mehr leiden. Dieses blöde Getue. Er würde nicht kommen. Im Küchenschrank kramte er nach einem Bogen Briefpapier. Vergilbt. Das Schreiben fiel ihm schwer. *Ihr werdet Euch wundern.* Keine Anrede, gut so. *Wenn Ihr das hier lest.* Willi schüttelte seine zitternde Hand. Sie machte schon lange nicht mehr, was er wollte. Er quälte sich mit den Sätzen, obwohl tagelang überlegt. *Tschüss, Ihr Arschlöcher. Willi.* Er packte den Bogen in einen Umschlag, adressierte mit krakeliger Schrift: *Für meine Gäste.* Nun stieg er in den Keller hinab. Das Gekreische ging ihm auf die Nerven. Die Voliere hatte er selbst gezimmert. Wellensittiche. Wer brauchte die noch. Die Tiere waren ihm gegenüber ungesellig. Nahm er die Jungen in die Hand, um zu sehen, ob sie in Ordnung sind, starben sie ihm weg. Vor Schreck. Er nahm mehrere Schippen voll Futter und kippte sie gleichgültig in den Käfig. Auf dem Weg nach oben merkte er sein kaputtes Knie, wurde jähzornig, biss sich auf die Zunge, ballte die Faust und schlug drauf. Er stürzte und hatte Glück, dass er das Geländer zu packen bekam und nicht rückwärts die Treppe runterfiel. Es klingelte. Willi schleppte sich hoch. Der bestellte Kurier. Er gab ihm den Umschlag. Denk dran, sagte er, nach Mitternacht. Auf keinen Fall früher. Willi hatte den Abend genau durchgeplant. Sein Mann war per Telefon bestellt. Sie hatten sich genau besprochen: Im Wäldchen. Mit Hund. In der Nacht. Zu niemandem ein Wort. Sie hatten sich auf einen hohen Preis geeinigt. Das war es Willi wert.

Hermann zog die Haut ab, zerknackte mit Wucht die Knochen. Durchbrechen, wegwerfen. Durchbrechen, wegwerfen. Sie würden ihn nicht kriegen, nie. Zerlegen, sortieren. Zerlegen, sortieren. Die Knochen mussten gesammelt werden. Sie wurden zu Hundefutter verkocht. Das fand Hermann ungehörig. Durchbrechen, wegwerfen, zerlegen. Den ganzen Tag dachte er, dass sie ihn finden und bestrafen würden. Die Tiergötter. Hermanns Leben: nichts als Befürchtungen, Vorahnungen, Stimmen im Kopf. Weisungen von oben. Durchbrechen, durchbrechen, durchbrechen. Die blanken Knochen arrangierte er nach Größe sortiert auf dem Tisch zu einer Pyramide. Dann holte er den Blechbottich und fegte die Gebeine hastig hinein. Ein Suppenhuhn nach dem anderen riss er auseinander, zog ihm die Häute ab und warf es in den Topf; fürs Aroma. Durchbrechen, wegwerfen, zerlegen. Er entschuldigte sich bei den Hühnern, bevor er ihnen die Haut abzog. Er küsste ihren Bürzel. Die Tiergötter würden sich rächen. Sortieren, schneiden, probieren. Er ordnete das Fleisch auf der Arbeitsfläche an. Zärtlich und penibel. Jedes Stück in gleichem Abstand. Die Sonne knallte durch das Fenster, ihr Licht brach sich in Hermanns Messer und blendete ihn. Ein Zeichen. Eine Warnung. Ein Blitz. Sie kriegen mich nicht. Er schwitzte. Durchbrechen, wegwerfen, zerlegen, sortieren, schneiden, probieren, fertig.

Hermann zog sich die Schürze aus und ließ die Suppen köcheln. In der Küche war es heiß, die Arbeit anstrengend. Er bekam wenig Geld, aber er beklagte sich nicht. Bei jedem Geräusch vor der Tür wurde er aufmerksam, fuhr herum, trat hinaus und sah um die Ecke: Sie waren verschwunden. Sie versteckten sich gut. Die Spitzel seiner Götter. Der Chef hatte gesagt, er käme am Nachmittag. Hermann traute ihm nicht. Bestimmt observierte er ihn die ganze Zeit, durch das milchige Fensterglas. Heute war Hermann allein und froh darüber. Rauchten die anderen vor der Tür und kam Hermann dazu, gingen sie ein paar Meter weiter weg. Der Chef hatte in der Probezeit gemerkt: Hermann kann arbeiten. Ermüdend langsam, aber korrekt. Noch dazu für lächerlich wenig Geld. Morgens half Hermann beim Zubereiten der Suppen. Abends brachte er die Töpfe zu den Feiern und wartete, bis sie leer waren. In der Schule hatten die Götter zum ersten Mal zu Hermann gesprochen. Ohne Grund. Wie das manchmal so ist. Sie hatten ihn massiv bedroht. Ihm die Schuld für alle möglichen Tragödien gegeben. Sie wollten ihn holen. Hermann versteckte sich unter dem Wohnzimmertisch, Kissen auf dem Kopf, Hände auf den Ohren. Sein Vater stocherte mit dem Kaminbesteck nach ihm: Komm da raus. In der Küche hatten sie Angst vor ihm. Hermanns Zorn war gewaltig. Sie hatten ihn nur einmal erlebt, als ein anderer Gehilfe achtlos das Fleisch von Hermanns Brett nahm und auf dem Weg zum Topf einige Stücke verlor. Du Frevler, hatte Hermann seinen Kollegen angeschrien. Der hatte gelacht, einfach nur gelacht, und Hermann hatte seine Nase zwischen Daumen und Zeigefinger genommen, kräftig gedreht und gebrochen. Heute hatten die anderen Gehilfen frei oder waren krank. Das war Hermann recht. Er regulierte die Hitze der Platten auf ein Minimum, das Zeug in den Töpfen köchelte weiter. Später musste Hermann die Suppen zu einem Geburtstag an der Autobahn liefern und im Auge behalten. Industrielle Suppentöpfe waren teuer. Einmal wurden sie ihm geklaut, auf dem Schützenfest. Einfach weg. Die Götter waren zornig. Hermann nahm seine Mütze ab. Der Schweiß strömte. Er ging vor die Tür, sah sich um. Er prüfte eine alte Plastikplane zwischen den Fingern. Vielleicht eine Falle. Vielleicht mit Säure besprenkelt. Hermann legte sich auf den blanken Boden und rauchte eine Zigarette. Eine lange Nacht stand ihm bevor. Er machte die Augen zu. Ein heftiger Tritt in die Seite weckte ihn auf. Der Abend war schon hereingebrochen. Hier bist Du, sagte der Chef, ein stämmiger Mann. Hermann sprang auf. Er fröstelte, es war kalt geworden. Räum die Töpfe ins Auto. Bist viel zu spät. Hermann schleppte. Auf der Türschwelle blieb er bei jedem

Topf stehen, sah nach links und rechts. Konnte ein Hinterhalt sein. Mach hinne, brüllte der Chef. Er lud die schweren Töpfe in den Kastenwagen. Dann stieg er ein und untersuchte den Innenraum auf lose Kabel oder angebrachte Kameras. Der Chef stand daneben und schimpfte. Wie kann man so lahm sein. Hermann spürte Wut. Schwing Deinen Arsch in die Karre, brüllte der Chef. Und bring die Töpfe wieder. Hermann ballte seine Faust. Die Töpfe. Sein Chef war also eingeweiht. Handlager der Tiergötter auf Erden. Hermann stellte die Anlage im Auto auf höchste Stufe und raste. Er sah die Augen einer Katze funkeln und hielt einfach drauf. Die Götter schrien vor Zorn. Der Eingang zum Rasthof an der Autobahn war mit Girlanden geschmückt.

Weese fluchte. Er überfuhr einen Hasen und raste weiter. Rauf auf die Autobahn im Affenzahn. Zwischendurch trank er aus der Whiskypulle und warf sich Schmerztabletten in den Rachen. Er brauchte einen klaren Kopf. Immer weiter. Zwar war sein Job erst in der Nacht, aber er würde die Lage vorher prüfen. Das war Standard. Das Areal der Arbeit musste man kennen wie seine Westentasche. Selbst bei Aufträgen wie diesem. Kein Auftrag, dachte Weese, ist so leicht, wie er scheint. Einen Patzer konnte er sich nicht leisten. Er war erste Liga. Sein Vater hatte ihn nicht fahren lassen: Spritz die Steine auf der Terrasse ab. Be-

sorg die Ladung Brennholz für den Winter. Schneid
mir die Fingernägel, ich kann das nicht mehr. Leg
Mutter Rosen aufs Grab. Denkst ja sonst nicht an
sie. Die ist Dir egal. Wie ich. Abends konnte Weese
das Haus verlassen. Er stand am Auto, mit Sonnenbrille. Den Whisky hatte er schon auf den Beifahrersitz gelegt. Da kam sein Vater zur Tür hinaus, stellte sich dicht vor ihn hin und sagte: Hier, schenk ich
Dir. Die alte Armbanduhr. Vom Opa, hatte er gesagt,
pass drauf auf. Weese war ins Auto gestiegen. Be-
rührt. Im Rückspiegel hatte er gesehen, wie sein Vater vor dem Haus stand und ihm nachsah. Sehr lange.
Die Sonne war untergegangen. Innerhalb von Momenten war es duster. Weese nahm die Abfahrt. Der
Schotter knirschte unter seinen Schuhen. Abgase,
Toiletten, tote Bäume. Er überprüfte seine Taschen,
sah nach, ob er alles hatte. Das Werkzeug steckte fest
in der Innentasche. Der Umschlag mit dem Geld. Er
öffnete ihn und zählte nach. Es stimmte genau. Niemand wagte es, ihn übers Ohr zu hauen. Nicht mehr.
Denn er konnte auch anders. Er schaute sich um und
entdeckte hinter dem Rasthof das kleine Wäldchen.
Guter Ort. Wenig Publikum. Alles klar. Bis Weese
arbeiten musste, waren es noch mehrere Stunden.
Rasendes Kopfweh. Er würde ein Bier und ein paar
Schnäpse trinken. Im Innern des Rasthofs sah es aus
wie in einer alten Bahnhofshalle. Tief abgehängte

Decken. Eine schwere Theke aus abgegriffenem dunklem Holz. Offene Toilettentüren, parfümiert mit Ammoniak. Freigeräumte Fläche in der Mitte. Über allem das Banner: *70 Jahre und kein bisschen leise*. Die schlanken Bedienungen waren schon dabei, die Tabletts mit Sektgläsern zu bestücken.

Willi hatte auf den Abend gewartet. Sehnsüchtig. Er machte alles wie immer, seit er allein war: Die Zeitung zum zweiten Mal lesen. Essen kochen, dicke Bohnen mit Speck. Den Hund füttern. Auf den Kater im Garten schießen. Die Nistkästen in der Voliere kontrollieren. Sein Nachmittag vor dem Fernseher: Filme über Tiere. Jeden Tag. Heute: *Das Leben des Mäusebussards*. Willi saß in seinem Sessel, hatte sein Knie hochgelegt und starrte auf die Glotze. *Der Mäusebussard ist ein Einzelkämpfer. Hier sehen wir ihn bei der Futtersuche. Er meidet Gruppen und ist oft ganz mit sich allein*. Seit Willi keine Menschen mehr um sich hatte, ging es ihm besser. Das Haus war bezahlt. *Er betreibt kaum Brutpflege. Sind die Jungen geschlüpft, lässt er sie auch schon zurück und vertraut darauf, dass die Natur für sie sorgt*. Willi lebte in diesem Haus und wollte, dass sein Knie nicht mehr wehtat. Er wollte seine Ruhe. *Der Mäusebussard fliegt nur mit dem Wind. Er breitet seine Schwingen aus und bleibt Stunden in der Luft. Zieht seine einsamen Bahnen*. Willi schaltete den Fernseher aus. Er stand auf und ging in den Keller. Das Gekreische. Der Gestank. Er öffnete die Voliere und fing die Vögel mit dem Kescher ein. Es dauerte sehr lange. Seine Hände waren steif. Immer wieder entglitten ihm die Tiere. Dann war endlich Ruhe. Er nahm den Hund an die Leine, klemmte sich seinen Klappstuhl unter den Arm, setzte sich ins Auto und fuhr los. Nacht hing schon über ihm.

Mensch. Du hier, sagte Weese. Du auch, sagte Hermann. Und. Bier trinken, sagte Weese. Sie sahen sich an und schwiegen. Lange her, sagte Weese. Mensch, sagte Hermann. Als Hermann in die Klinik kam, besuchte Weese ihn nur ein einziges Mal. Noch ein Bier, sagte Weese. Siehst gut aus. Hab Zeit, sagte Hermann und bestellte Bier und Schnaps. Sie tranken. Und Du, sagte Hermann. Komm von meinem Vater, sagte Weese. Wird immer schlimmer. Rauchst Du, sagte Hermann. Nicht mehr, sagte Weese. Er nahm eine von Hermanns Zigaretten und steckte sie sich an. Hätte mal anrufen können, sagte Weese. Hermann schwieg und saugte am Filter. Die letzten Jahre: im Eimer, sagte Weese. Irgendwie. Was hast Du gemacht, sagte Hermann. Nichts, sagte Weese. Und jetzt, sagte Hermann. Keine Sorge, sagte Weese. Hab Arbeit. Wenn mein Alter nicht mehr da ist, mach ich 'ne Weltreise. Vorher komm ich nicht weg, sagte Weese. Versteh ich nicht, sagte Hermann.

Kann machen, was ich will, sagte Weese. Versteh ich nicht, sagte Hermann. Jeder ist frei, wenn man tut, was man soll, sagen die Götter. Ach so, die Götter, sagte Weese und schlug Hermann vergnügt auf die Schulter. Vorsicht, sagte Hermann. Die Götter im Kopf murmelten. Hermann fühlte, dass sie heute noch Großes mit ihm vorhatten. Er bestellte für Weese und sich gleich zwei Doppelte. Das tat gut.

Im Saal wurde es lauter. Der Alleinunterhalter baute Boxen, Keyboard und Mikrofon auf und testete: *Was macht man beim steifen Hals. Man geht zum Genickologen.* Die Kellnerinnen breiteten schneeweiße Tischdecken über der langen Tafel aus und dekorierten sie mit Ballons, Luftschlangen, Konfetti. Dann schleppten sie Bierbänke und Tische herein, geschmückt mit Papierdecken, Teelichtern und Partyhüten. Der Raum war voller geworden, Hermann und Weese saßen unbeachtet an der Theke. Zuletzt trugen die Kellnerinnen das kalte Buffet auf: Kartoffelsalate, Frikadellen, Brötchen mit Mett, Schokoladenpudding, Kuchen. Die Gäste drängten in den Raum. Männer in Anzügen mit weißen Socken. Alte Frauen. Kleine Schilder standen spitz aus ihren Kostümen: Versandhaus, Preis, Größe. Jeder hatte ein Geschenk dabei. Weinflaschen. Schnapsflaschen. Likörflaschen. Wo ist Willi, fragte jemand. Willi kommt noch, sagte ein anderer, trinken wir schon einen auf Willi, bevor Willi da ist. Willi ist noch nicht da, also trinken wir für Willi mit. Die Bedienungen balancierten mit den Sektgläsern zwischen den alten Leuten umher. Ein Mann mit besonders schönem Frack schälte sich aus der Menge. Der Alleinunterhalter reichte ihm das Mikrofon. *Muss ich da jetzt reinsprechen.* Zustimmendes Gemurmel. *Liebe Freunde. Ich kenne Willi seit vielen Jahrzehnten. Er ist ein Knurrkopf.* Lachen der Gästen. *Aber wie das so ist mit den alten Knurrköpfen. Auch sie wollen gefeiert werden. Einige Worte zu Willis Leben.* Gemurmel, Unruhe unter den Gästen. Die ersten Männer waren schon zum Buffet geschlichen und labten sich an Brot und Wein. *Willi hat mir mal gesagt: Als ich geboren wurde, lag der Schnee so hoch wie nie. Ich finde, darauf sollten wir trinken.* Applaus der Gäste. Nun war der Alleinunterhalter wieder am Zug. *Was ist erst grün und dann rot. Der Frosch im Mixer.* Er legte alte Platten auf. Die alten Männer zogen ihre Jacketts aus. Die Frauen zupften die Röcke zurecht, und dann tanzten sie ausgelassen. Hermann wurde unruhig. Zu viele Menschen. Zu viel Bewegung im Raum. Er konnte nicht mehr in die Ecken spähen. Er konnte seine Töpfe nicht im Auge behalten. Wir sehen alles, sagten die Götter. Sie haben mich nicht vergessen, sagte Hermann. Aha, sagte Weese. Werde beobachtet, sagte Hermann. Von wem, sagte Weese. Guck Dich doch um, sagte Hermann. Versteh ich nicht, sagte Weese. Alles Spitzel, sagte Hermann. Versteh ich nicht, sagte Weese. Er fühlte sich entspannt. Der Schnaps machte sich bemerkbar. Er war Profi. Bisschen Alkohol vor dem Job: Standard, dachte er. Weese fühlte sich wohl. Er wippte zur Musik des Alleinunterhalters mit dem Fuß. Sollen wir tanzen, sagte er. Hermann schüttelte den Kopf. Diese Schweine, sagte er. Völlig durchgeschwitzt stand er mit verschränkten Armen da und zitterte. Ich pass schon auf, sagte Weese. Bleib locker. Guck doch, sagte Hermann und deutete unauffällig mit dem Finger an die Decke. Was, sagte Weese. Verwanzt, sagte Hermann. Komm runter, sagte Weese und bestellte zwei Wodka. Es dauerte nur einige Minuten, schon waren die Gäste des Tanzens müde. Saßen wieder an den Tischen und redeten mehr von den Toten als von den Lebendigen. Ab und zu kam Unruhe auf. Das Buffet war noch nicht eröffnet, und immer noch fehlte Willi. Nun übernahm wieder der Alte im Frack das Kommando: *Liebe Gäste, wir haben lange genug gewartet. Lasst uns essen. Willi wird schon noch kommen.* Die Alten johlten zustimmend, und schon bildete sich am Buffet eine Schlange, die bis zur Tür des Rasthofs reichte. Durch die geöffneten Fenster drangen immer mehr Insekten in den Saal. Im Lichtschein der Neonröhren flogen sie ihre geheime Choreographie.

Komisch, oder, sagte Weese zu Hermann. Wir hier. Hermann sagte nichts. Er nippte dick und still an seinem Bier. Heute würden sie ihn fordern, das fühlte er. Wie er schwitzte. Wie er zitterte. Siehst krank aus, sagte Weese, fahr nach Hause. Die Töpfe, sagte Hermann. Das ist doch die Falle. Die wollen, dass ich fahre. Dass ich die Scheißtöpfe vergesse. Wer, sagte Weese. Mensch, sagte Hermann wütend und schüttelte den Kopf. Vehement. Nimm das hier mal, sagte Weese. Er reichte Hermann seine Schmerztabletten. Mit zitternden Fingern und panisch umherblickend nahm Hermann gleich eine Handvoll, steckte sie in den Mund und kaute. Weese konnte jetzt nicht gehen. Hermann könnte Terz machen. Es lag in der Luft. Zwischendurch blaffte er grundlos rum. Würde das eskalieren, könnte Weese seinen Job vergessen.

Die ersten Gäste hatten schon ein Taxi gerufen. Satt gegessen und zornig auf Willi waren sie gefahren. Jemand wunderte sich, warum der Geburtstag hier stattfand und nicht bei Willi daheim. Wir wissen, wie der ist. Kommt nicht zu seiner eigenen Feier, eine Sauerei ist das. Angespannte Stimmung. Im rechten Moment wurde die Tür geöffnet. Der Männerchor. Gekleidet in schwarze Anzüge und mit breitkrempigen Hüten. Allgemeiner Jubel. Ohne Aufforderung setzte der Gesang ein. *Ein Prosit, ein*

Prosit der Gemütlichkeit. Die Gäste schunkelten mit, der Chorleiter rief nach Willi. *Ein Mädchen ging spazieren. Ich bete an die Macht der Liebe. Wenn der Vater mit dem Sohne.* Nach dem vierten Lied trat der Männerchor geschlossen zum Buffet. Die Luft: Zigarettenrauch, Dünste von Erbsensuppe und Stampfkartoffeln mit Sauerkraut.

Zwischendurch stand Hermann auf und brüllte: Ihr Schweine. Pfoten weg von den Töpfen. Weese ging dazwischen und verhinderte Schlimmeres. Mit Mühe. Dann saß Hermann murmelnd an der Theke und trank schnell und viel. Immer wieder sah er sich um. Auch Weese musterte er argwöhnisch. Was für ein seltsamer Typ, dachte Weese: Die Arme übersät mit Narben. Der Hals voll blauer Flecke. Weese fragte sich, was der Kerl nach Feierabend machte. Er trank noch einen Schnaps. Hermann war völlig betrunken. Er hatte seinen Pullover ausgezogen, saß im Unterhemd an der Bar. Gesenkter, ängstlicher Schädel. Weese versuchte, ihn abzulenken. Irgendwie. Haben ganz schön viele Häuser abgerissen, sagte er. Die hatten Denkmalschutz, meinte mein Vater. Bei Euch am Friedhof auch. Was davon gesehen. Hermann schwieg. Er zog Rotz durch die Nase hoch und spuckte einfach auf den Boden aus. Er trommelte ungeduldig und wütend mit den Fingern auf die Theke ein. Weese sah auf die Uhr. Sein Job. Muss los, sagte Weese, wir können ja mal telefonieren. Hermann stand auf und gab Weese kurz und hastig die Hand. Er warf einen Blick auf die Tische und brüllte los: Scheiße, Mann. Er machte einen Schritt in den Raum und schlug blind um sich. Die Töpfe sind weg, die Töpfe sind weg. Weese konnte ihn kaum beruhigen. Komm, Alter, sagte er, trink noch ein Bier. Wer soll die Töpfe klauen, sagte Weese. Hermann lief zwischen den Gästen auf und ab. Ein alter Mann stand im Weg. Hermann schubste ihn um. Weese entschuldigte sich. Er musste verhindern, dass die Sache aus den Fugen geriet. Los, sagte Weese, Beine vertreten. Meine Töpfe, brüllte Hermann. Holst Du später, sagte Weese, beweg Dich. Er packte Hermann am Ohrläppchen, entschuldigte sich mit lauter Stimme für das Benehmen seines Freundes und zog ihn zur Tür hinaus. Der Schotter knirschte unter ihren Schuhen. Nimm das, sagte Weese und reichte Hermann abermals eine Handvoll Schmerztabletten. Er zerkaute sie mechanisch. Er zitterte. Bin verloren, flüsterte Hermann. Die kriegen mich. Es nieselte und war windig. Hermann hastete. Hintern und Bauch wackelten mit jedem Schritt. Weese musste ihn schachmatt setzen, irgendwie. Verloren, sagte Hermann. Weese ließ sich seine Tour nicht vermasseln. Zu viel Kohle im Spiel. Hermann lief schnurstracks auf das Wäldchen zu. Lieber ins Auto, sagte

Weese. Muss pissen, sagte Hermann und lief weiter. Auch das noch. Nicht ins Wäldchen, dachte Weese. Wie konnte er Hermann eins über den Schädel ziehen. Unauffällig. Unmöglich, stellte er fest, denn Hermann war kräftig und panisch wie ein verwundetes Tier.

Knackende Zweige. Willi sah sich um. Er war aufgeregt. Er hatte seinen Stuhl ausgeklappt, den Flachmann genommen und getrunken. Er warf seinem Hund ein Stöckchen ins Dickicht. Er sah den Bus mit den Gästen. Diese Feier war ihm egal. Er hatte seine eigene Party. Bald ging sie los. Er hatte seinen Wagen etwas abseits geparkt, den Stuhl genommen, sich ins Wäldchen gesetzt und zugesehen. Aus der Ferne. Er paffte eine Zigarette nach der anderen. Die Autobahn war einsamer geworden. Willi hatte alles gesehen: Den dicken Jungen, der die Töpfe mit der Suppe brachte. Den anderen Jungen, schlank, hübsch, abgeklärt. Das war er. Bestimmt. Sonst nur alte Leute. Er hatte sie nicht bestellt. Es war schon spät. Zwar hatten sie keine genaue Zeit abgemacht. Aber es sollte vor Mitternacht sein. Und nun war das schon fast vorbei. Willi war etwas untersetzt und mit den Jahren immer kleiner geworden. Vor seinem Geburtstag hatte er die Karte aus dem Briefkasten gezogen: Lieber Willi. Überraschungsfeier. Rasthof am Wäldchen. Mitzubringen ist gute

Laune. Es tritt auf: Der Alleinunterhalter. Überraschungsgast: Der Männerchor. Musste richtig viel gekostet haben. Wahrscheinlich nicht so viel wie sein eigenes Vergnügen. Dafür hatte er sich verschuldet. Das war es wert. Das Wäldchen stank. Viele Fahrer benutzten es als Abort. Willi machte das nichts aus. Der Ort war egal. Manchmal hörte er Applaus oder lautes Lachen aus dem Rasthof. Kurz befeuchtete er seinen Finger und prüfte die Windrichtung, er dachte, vielleicht könnte er vorher noch unauffällig Zweige sammeln und ein letztes Feuer machen, die Nacht war kalt. Es knackte erneut in den Ästen. Diesmal war da jemand. Nun wurde es Zeit.

Als sich die alten Gäste mit großer Geste voneinander verabschiedeten und letzte Worte des Bedauerns über Willis Fehlen ausgesprochen wurden, als die Bedienungen die Platten vom Buffet in die Küche räumten, als die Feier ein gutes Ende nahm, betrat der Kurier den Rasthof. Ich habe hier einen Brief von Willi. Aufgeregtes Gemurmel. Das war nicht Willis Art. Da stimmte was nicht. Wieder war es der alte Mann im Frack, offenbar der Urheber dieser ganzen Feier, der aus der aufgebrachten Menge heraustrat und den Brief an sich nahm. Wollen wir doch mal sehen, rief er, was Willi uns zu sagen hat. Unsicheres Gelächter. Der Alleinunterhalter stellte die Musik aus und reichte dem Alten im Frack das Mikrofon. *Muss ich da jetzt reinsprechen.* Noch lachten alle. Dann las er vor. Satz für Satz. Und wurde kreidebleich. Die Gäste waren bestürzt. Frauen fielen in Ohnmacht, die Kerle bekamen Heulkrämpfe.

Willi faltete kurz die Hände und betete zu Gott. Hatte er sein Leben lang nicht getan. Aus dem Gestrüpp tauchte Hermann auf, dicht gefolgt von Weese. Du bist spät, sagte Willi. Und warum seid Ihr zwei. Du solltest alleine kommen. Bist Du Gott, schluchzte Hermann. Willi hatte ihn nicht verstanden und rief: Ja, hier bin ich. Mit Hund. Wie besprochen. Du Schwein, brüllte Hermann. Warum quälst Du mich so. Bist Du Willi, rief Weese. Was ist hier los, fragte Willi. Ein Missverständnis, rief Weese. Willst Du mich jetzt umbringen, keuchte Hermann. Willi trat auf ihn zu und packte Hermann fest am Arm: Bleib ruhig, sagte Willi. Hermann schlug Willi mit der Faust mitten ins Gesicht. Hilflos haute der zurück und traf Hermann an der Schläfe. Der schüttelte sich kurz und ging auf den Alten los. Du blödes Schwein, brüllte er. So doch nicht, wimmerte Willi. Ein Missverständnis, rief Weese erneut. Er stand daneben und konnte nichts machen. Hermann war im Kampf. Er ließ nicht mehr von dem Alten ab. Er nahm seine Hand, er nahm sein Knie, er nahm einen Ast. Weese umklammerte Hermann, krallte sich fest, aber der drückte ihn mühelos mit einem Ruck weg. Er nahm den Ast, er nahm die Faust, er nahm den Kopf. Weese versuchte, den Hund auf Hermann zu hetzen, aber der versteckte sich nur mit eingeklemmtem Schwanz hinter den Bäumen. Er nahm den Kopf, er nahm den Ellbogen, er nahm, was er kriegen konnte. Dann lag Willi mit dem Gesicht nach unten am Boden, Hermann stellte sich, noch immer zitternd, über ihn und holte aus, mit allem, was er kriegen konnte, immer fester und fester. So doch nicht, jammerte Willi, und endlich kehrte Hermann ihm den Rücken. Die Götter waren tot. Für heute. Weese lief Hermann hinterher. Vor dem Rasthof rauchten sie eine Zigarette. Er musste jetzt klug sein. Noch war nichts verloren. Niemand hatte was gesehen. Geht's Dir jetzt besser, sagte er zu Hermann. Willst Du die Bullen rufen, sagte Hermann. Nein, sagte Weese. Ich schweige wie ein Grab.

Den Kopf so weit als möglich nach hinten gestreckt, sah Willi reglos auf dem Parkplatz umher, spiegelverkehrt. Sein Schädel tat ihm höllisch weh. Er würde nichts anders machen. Nein. Eh zu spät, um noch was zu ändern. Bilder. Und eine Stimme. Der Mäusebussard fliegt nur mit dem Wind. Er breitet seine Schwingen aus und bleibt Stunden in der Luft. Zieht seine einsamen Bahnen. So müsste man leben, dachte er. Er schaute in den wolkenverhangenen Himmel. Endlose Fläche. Neben sich macht er seinen Hund aus; er schläft mittlerweile. Käme ich doch nur an die Tabletten in der Hose, die fürs Knie, denkt er. Seine Pumpe pumpt verkehrt. Er fühlte einen Ruck im Innern. Hustete ein wenig Blut. Scheißdreck, er lebte.

Stille im Saal. Die Tische waren weg, und aus den Bierbänken hatte man Sitzreihen arrangiert, in denen die Frauen und Männer mit ihren weißen Socken und Kostümen saßen, übereinandergelegte Hände. Vorne schnäuzten die alten Witwen stumm in ihre Stofftaschentücher. Der Männerchor hatte sich wieder vor der Gesellschaft aufgebaut. Er summte eine sehr einfache Melodie. Der Chorleiter ermahnte seine Sänger streng und mit erhobenem Zeigefinger. Weese und Hermann stellten sich neben ihn. Die Bedienung war nun hinter der Theke und bedeutete den beiden, still zu sein. Sie holte die Töpfe aus der Küche, frisch gespült. Hermann war überrascht und lachte ohne Laut. Der Alleinunterhalter stand mit eingepackten Platten in der Ecke. Er war nun fehl am Platz. Weese war nervös. Er hatte keine Erklärung dafür. Sie konnten nichts wissen. Sie durften nichts wissen. Bloß nicht auffallen, dachte er, bloß die Sache nicht vermasseln. Was ist passiert, sagte Weese leise zur Bedienung. Das ist Standard, flüsterte sie. Bitte, geht doch jetzt endlich. Die Bedienung schlich in die kleine Küche neben der

Theke, setzte sich hin und faltete ihre Hände. Stunden vergingen.

Innerhalb von Momenten war es hell geworden. Weese half Hermann, die Töpfe im Auto zu verstauen. Noch immer Kopfweh. Und die Hauptsache stand noch aus. Ich bin müde, sagte er, wir können ja mal telefonieren. Mach's gut. Brauchst Du noch was für die Fahrt, fragte Weese, steckte sich zwei Schmerztabletten in den Mund und reichte Hermann die restlichen. Danke für alles, sagte Hermann, stieg in den Kastenwagen und fuhr davon. Endlich. Der Schotter knirschte unter Weeses Schuhen. Schwitzen. Er setzte seine dunkle Sonnenbrille auf. Seine Hände waren feucht. Profi hin oder her: Es kostete doch Überwindung. Immer. Abgase, Toiletten, kaputte Bäume. Weese fand die Stelle im Wäldchen schnell wieder. Willi sah ihn mit großen, offenen Augen an. Was soll denn das, sagte Willi leise. Getrocknetes Blut an seinem beschädigten Knie; aus der Nase tropfte es noch. Wie frisch. Tut mir von Herzen leid, sagte Weese, wirklich. Danke für das viele Geld. Sehr nett. Komm, sagte Willi. Jetzt quatsch nicht mehr viel. Willst Du liegen bleiben, sagte Weese. Kann nicht aufstehen, sagte Willi. Denk an den Hund, bitte. Mach ich, sagte Weese. Er zog das Messer aus seiner Innentasche, stellte sich über Willi, befühlte seinen Hals und strich ihm eine graue Strähne aus dem Gesicht. Hat ja doch noch alles geklappt, sagte Weese. Danke, mein Junge, sagte Willi. Dann packte Weese ihn sacht bei den Haaren, zog den Kopf nach hinten und setzte das Messer an seine Kehle. Bereit, sagte Weese. Bereit, sagte Willi.

Der Hund sprang auf den Beifahrersitz. Er freute sich. Weese kraulte ihn mit der einen Hand, startete mit der anderen den Motor und verließ den Parkplatz. Nachdem sie weit genug vom Rasthof entfernt waren, kurbelte er das Fenster herunter und schleuderte das Messer eine Böschung hinab. Am nächsten Parkplatz setzte er den Hund aus und fuhr auf die Autobahn, weg aus dieser Gegend. Die Sonne stand hoch am Himmel und kitzelte ihn in der Nase. Am Horizont entdeckte er Windräder, die ihm vorher noch nie aufgefallen waren. Sie gefielen ihm. Ihr zweckloses Flügelschlagen: eine geheime und beruhigende Choreographie.

Libeň

Sie hatte mich gerufen. Minutenlang. Ich auf den Balkon: Da stand sie. Auf der anderen Straßenseite, winkend. Schnell zog ich mich an und rannte runter. Soll ich kommen, hatte sie am Telefon gesagt. Hab Angst, Mila, hatte ich gesagt. Bleib, wo Du bist, hatte sie gesagt. Und sie war gekommen. Tatsächlich. Zuerst die Hauptsache: Ich liebte sie nicht mehr. Nun stand ich vor der Haustür. Zwischen uns die Gleise der Straßenbahn. Ich winkte, sie winkte zurück: Ich liebte sie. Der Asphalt: trocken, zum ersten Mal. Wie war die Fahrt, rief ich. Egal, rief Mila. Dass Du da bist, rief ich. Dass Du da bist, rief Mila. Bleib stehen, ich komm schon, rief ich. Und eilte los. Auf die Straße. Große Schritte. Sie schrie noch. Zu spät.

Am Bahnhof hatte ich den erstbesten Fernzug genommen. Nach Prag. Kein Tag, und ich hatte Mila betrogen. Drei Mal, vier Mal, fünf Mal. Ich führte nicht Buch darüber. An meinem ersten Morgen in der Stadt hatte mich ein Zigeuner angeschnorrt. Am Wenzelsplatz. Paar Zigaretten, Münzen und

Scheine hatte ich gegeben, und er, dankbar, flüsternd und verschworen: Willst Du Liebe. Fahr nach Libeň. Ich tat, was er sagte – Libeň: Liebesnest an Liebesnest. Ganze Stunde so billig wie ein Abendessen. Ich dachte, das bringt Klarheit. Aber im Gegenteil: Je öfter ich dort war, desto mehr glaubte ich. An Mila und mich.

Der Hörer wurde rutschig. Meine Hände schwitzten. Was meinst Du mit: warm, sagte ich. Mila schwieg. Einmal in der Woche telefonierten wir. Ich hing am Hörer. Sie hing am Hörer. Beide zu mutlos, einfach aufzulegen. Ob ich warm oder kalt bin, was soll die Frage, sagte ich. Mila schwieg. Wenn Du nicht reden willst, sagte ich, Telefonkarten sind teuer. Geld hab ich wenig. Was machst Du, sagte Mila. Mit Dir telefonieren, sagte ich. Arbeiten, sagte sie. Ab und zu was schreiben, sagte ich. Für die deutsche Zeitung. Hast es zu was gebracht, sagte Mila und lachte. Ich lachte auch. Soll ich kommen, sagte Mila. Wohnung kündigen, Koffer packen. Geht nicht, sagte ich. Das Hochwasser. Gleise unterspült. Schon gut, sagte Mila. Sie weinte leise. Sie dachte, ich merk' das nicht, oder: Dass es mich doppelt trifft, wenn sie es leise tut. Muss aufhören, sagte ich.

Die erste Zeit hatte ich im Studentenwohnheim der Technischen Universität geschlafen. Am Rand, von wo die Busse in die Trabantenstädte fuhren. Ich

hatte mich beim Turnverein angemeldet und mach-
te viel Sport. Ich lernte für einen Sprachkurs, aber
war zu unkonzentriert. Ich fuhr tagelang nur mit der
Straßenbahn quer durch die Stadt. Schlug mir die
Nächte um die Ohren. Saß in Kneipen und lief durch
die dunkelsten Viertel Prags, bei Regen und tiefer
Nacht. Das machte mir nichts mehr. Ständig Milas
Worte im Ohr: Deshalb haust Du immer ab.

Die Zeit verging langsam.

Als mein Geld weniger wurde, suchte ich mir eine
billigere Bleibe. In Karlín. Winzig, frisch saniert.
Alter Aufzug, Plattenbau, fünfter Stock, kleiner
Balkon und Blick über die Stadt. Eigentlich wollte der
Vermieter nur Touristen, aber die trauten sich nicht
mehr. Das große Hochwasser war schon Jahre her. In
Karlín waren früher nur Arbeiter. Billiges Leben in
billigen Bauten. Deshalb hatte es keinen Schutz gegeben, als die Moldau es übertrieb. Seit ich hier war,
gehörte das Wasser zum Leben dazu. Jeden Tag Regen. Ständig stand einem die Brühe bis zum Knöchel. Manchmal höher. Alle fürchteten, dass es wieder ganz schlimm kommt und die Häuser überflutet
werden. Aber das passierte nicht. Das Wasser pegelte
sich ein. Bis zum Knöchel, selten weiter. Oft war die
Straßenbahn gesperrt. In die eine Richtung fuhr sie
in die Stadt. Die andere Strecke führte nach Libeň.
Ich kannte sie gut.

Meine Nachbarin hieß Frau Notová und sprach Deutsch. Sie war eine Trinkerin und schon sehr alt. Sie hatte einen Wellensittich in einem viel zu kleinen Käfig für Kanarienvögel, den sie auf ihren Balkon stellte. Jeden Abend. Nicht beurteilbar, kreischte der Vogel. Sonst kein Wort. Immer nur, stundenlang: nicht beurteilbar, nicht beurteilbar.

Die Zeit verging langsam.

Manchmal klingelte Frau Notová in ihrem alten Küchenkittel und wollte eine Zigarette: Wie finden Sie Praha. Wir gingen auf den Balkon. Sie fragte nichts mehr. Wasser, sagte sie und deutete kopfschüttelnd auf die nasse Straße unter uns. Tja, sagte ich. Unser Abkommen: keine Fragen. Schnell fand ich Arbeit bei der deutschen Wochenzeitung und schrieb kleine Kritiken zu neu eröffneten Restaurants. Das Geld reichte. Abends saß ich auf dem Balkon, trank Wein und sah über die Dächer der Stadt. Der Fernsehturm. Nachbildung einer Rakete. Niemand hatte sie je gezündet. In der Ferne balancierten oft Handwerker über die Dächer. Rauchend, mit drei Satellitenschüsseln in beiden Händen. Ohne Sorge vor der Tiefe. Brauchte ich wenig Nähe, kaufte ich sie mir. Brauchte ich viel Nähe, telefonierte ich mit Mila. So einfach war das.

Was macht Dein Hund, sagte ich, wenn mir nichts mehr einfiel. Wenn wir minutenlang nur in den Hörer geschwiegen hatten. Mein Hund, sagte Mila. Hab ich nicht. Stell Dir vor, Du hättest einen. Und, sagte Mila. Finde ich schön, sagte ich, Du mit Hund.

Plötzlich entwickelten sich die Dinge schlecht. Es regnete so stark, das Wasser stieg und stieg. Man musste aufpassen, nicht hinzufallen, nicht zu ersaufen. Die Zeitung, für die ich schrieb, existierte plötzlich nicht mehr. Ich kam in die Redaktion, um meinen Artikel abzuliefern. Die Tür angelehnt, drinnen: alles leer. Kein Zettel, kein Hinweis. In den Bordellen von Libeň guckten sie mich seit einiger Zeit schief an. Ich hatte mich immer korrekt benommen, aber man hat als Deutscher keinen leichten Stand, besonders, wenn man so oft kommt. Jemand musste Unsinn über mich erzählt haben, ich weiß nicht. Frau Notová kam seltener vorbei, wenn ich sie traf, war sie durcheinander, erkannte mich nicht, sprach nur Tschechisch. Oft genug vergaß sie ihren Wellensittich über Nacht auf dem Balkon: unerträglich. Nicht beurteilbar, rief er. Wenn der Vogel kreischte, konnte ich nicht einschlafen. Hatte er endlich aufgehört, fehlte er mir. Langsam wurde ich wieder nervös.

Tut mir leid, sagte ich. Gott, wie Mila weinte. Kann nicht mal auf mich aufpassen, sagte ich. Sie kriegte kein Wort raus. Sollen wir auflegen, sagte ich. Das geht nicht, sagte sie. Ich komme. Bleib da, sagte ich. Weißt Du, wo ich meine Hand hab, sagte

Mila. Sie war sehr verzweifelt. Lass das, sagte ich. Meldest Dich nicht mehr, sagte Mila, plötzlich gefasst. Ist gut, sagte ich. Leb wohl.

Ich hatte kaum noch Geld. Meine Telefonkarte reichte noch für ein Gespräch. Dabei sollte es bleiben, hatte ich mir vorgenommen. Die Lage in Karlín hatte sich zugespitzt. Alle Läden waren geschlossen. Viele Bewohner geflohen. Der Höhepunkt war an meinem letzten Nachmittag. Auf der Suche nach einem noch offenen Waschsalon stand mir das Wasser schlagartig bis zu den Knien. Ich rannte in die nächste U-Bahn-Station. Auch die lief schon voll. Ich also zurück mit der kiloschweren Wäsche auf der Schulter, raus aus der Station. Ich suchte nach einem offenen Hauseingang. Es gab keinen. Plötzlicher Schmerz am Hinterkopf: Ein glatzköpfiger, alter Mann drosch mit seinem Regenschirm auf mich ein. Wie in Panik. Grundlos. Ich ging in Deckung, atmete durch. Er hörte nicht auf und schlug mich bewusstlos. Als ich wieder zu mir kam, kauerte ich an der Hauswand. Mein Geld. Meine Papiere. Meine Schlüssel. Er hatte mir nichts weggenommen. Meine Hose war nass. Aber das Wasser hatte sich verkrochen. Es regnete nicht mehr. Erstmals. Ich tastete nach einer Wunde an meinem Kopf: Nur eine große Beule, die nicht wehtat. Ich blieb sitzen und rauchte zwei, drei Zigaretten. Zitternd. Die Sonne ging un-

ter. Keine Wolke mehr am Himmel. Als ich zurück-
kam, war die Straße schon fast trocken. Alle Fenster standen offen. Überall Musik. Das Wasser war
endlich weg. Im Hausflur begegneten mir Handwerker im Blaumann. Pfeifend. Mit tief in die Stirn
gezogenen Kappen. Sie nickten mir zu und grüßten
leise. Ich nahm den Aufzug. Das konnte passieren.
Ein Irrer, nichts Gravierendes. Kein Grund, Panik
zu kriegen. Schon auf dem Flur hörte ich den auf-
geregten Vogel von Frau Notová. Er zeterte, er hatte
seinen Text vergessen. Meine Wohnungstür war nur
angelehnt. Ich erstarrte. Zückte mein altes, stump-
fes Taschenmesser und machte einen großen Schritt
hinein: Die Campingküche im Flur, der kleine Raum
mit Bett und Schrank: Nichts. Hinter der Schiebetür
zum Badezimmer: Niemand. Die Balkontür klapperte im Wind. Nicht ein Kratzer an der Wohnungstür.
Das waren Profis. Aber nichts mitgenommen, nicht
mal den Fernseher. Vielleicht hatte ich sie überrascht.
Meine Angst: Sie werden wiederkommen. Ich ging
auf den Balkon. Rauchen. Trinken. Zu viel für einen
Tag. Zu viel ohne Mila. Der Himmel voller Sterne.
Flugzeuge zogen ihre Bahnen. Zwischendurch Sa-
telliten, zielstrebiger als der Rest. Jedes Geräusch
von der Straße her ließ mich zusammenzucken. Der
Fernsehturm auf der anderen Seite der Stadt strahlte
farbig. Die Rakete. Hingehen, dachte ich. Hoch-

steigen. Zünden und weg. In der Nacht hörte ich auf jedes Geräusch. Sie hatten nichts mitgenommen, gar nichts. Ich hatte Socken und Unterhosen nachgezählt. Auch die waren durchwühlt. Sonst keine Spur von Verwüstung. Nebenan kramte Frau Notová. Ich legte mich aufs Bett und starrte die tiefe Decke an. Wer hatte das bloß gemacht. Was tat er mir an. Ich hatte keine Feinde, ich hatte keine Freunde. Ich war kalt. Aufzug fuhr hoch, Aufzug fuhr runter. Hatte gehofft, hier Frieden zu finden, aber manche Dinge ändern sich nie. Ich schlief erst ein, als die Rakete auf der anderen Seite der Stadt schon nicht mehr blau und rot angestrahlt wurde.

Was soll das, sagte Mila. Ganz schön abweisend, sagte ich. Was erwartest Du, sagte sie. Wollte Deine Stimme hören, sagte ich. Schweigen. Was ist, sagte Mila. Sie haben bei mir eingebrochen, sagte ich. Was Wichtiges geklaut, sagte Mila. Hab nichts Wichtiges, sagte ich. Nur Dich. Es regnete nicht. Es regnet, sagte ich. Soll ich kommen, sagte Mila. Sie haben mir nichts geklaut, sagte ich. Hast Angst, sagte sie. Hör ich doch. Es donnert, sagte ich, man soll nicht bei Gewitter in die Telefonzelle. Muss auflegen. Du weißt schon, die Blitze.

Frau Notová, rief ich, aufmachen. Es dauerte. Dann ihre Schritte. Das Schleifen von Metall über hölzernem Boden. Sie öffnete nur einen Spaltbreit, bis die

Kette spannte, ich konnte ihr faltiges Gesicht erkennen, ihre schlechten Augen, die mich durch die große Brille hindurch betrachteten. Fürsorge, sagte sie. Der Nachbar, sagte ich. Mein Nachbar, sagte sie. Bei mir ist eingebrochen worden, sagte ich. Haben Sie wen gesehen. Nicht die Fürsorge, sagte sie. Dann war sie verschwunden, und das bei offener Tür. Ich konnte sehen, wie der Schimmel sich an den Wänden hochgefressen hatte. Wie die ganzen Kisten mit Lumpen umgefallen dalagen. Lebensmittelverpackungen, aufgerissen, angebissen, angeschlagen. Verrottete Stapel Bücher, alle mit Wasserschaden. Dann kam Frau Notová wieder, drückte mir den Wellensittich in die Hand und schüttelte unerbittlich den Kopf. Fürsorge, rief sie, drängte mich samt Käfig über die Türschwelle und wurde rigoros, fuchtelte mit der alten Hand in der Luft herum. Ich bekam die Wohnungstür gegen die Stirn. Nicht beurteilbar, kreischte der Wellensittich.

Ich saß noch einige Stunden mit dem Wellensittich in der Wohnung und versuchte, ihm neue Sätze beizubringen. Mila. Mila. Nicht beurteilbar, rief er. Mein Geld reichte noch für ein Abendessen. Eine Fahrt nach Libeň. Eine Telefonkarte für Mila. Ich legte mich aufs Bett: Hier konnte ich nicht bleiben. Hätte ich nicht Milas Rufen gehört, wäre ich nicht wieder aufgestanden. Sie hatte meinen Namen gerufen, laut und deutlich, bis hier oben hin hörbar. Wir haben einen Wellensittich, rief ich, schau mal. Mila klatschte in die Hände. Ich komm runter, rief ich. Wir verständigten uns über die Straße hinweg. Sie war so hübsch. Immer noch. Ohne zu schauen, rannte ich einfach los. Ein heftiger Schlag von links. Milas Schrei. Die Straßenbahn nach Libeň. Sofort war sie bei mir und stützte meinen Schädel. Da waren wir also. Mila und ich. Manche Dinge ändern sich nie.

Technische Heimatkunde

Ich bin der Relikteforscher mit der dicker werdenden Brille. Dem vor Kummer immer krummeren Kreuz. Dem nachlassenden Gehör. Dem zunehmenden Gewicht. Für jede neue Erinnerung eine Handvoll Gramm schmerzhaft schweren Bauchgewebes, für jedes neue Fundstück ein Synapsenknacken, was den ganzen Hirnzellhaufen wohl endgültig zerschmettert, wenn der letzte Satz über die nicht abbezahlten Reihenhäuser meiner Kindheit erst mal gesagt ist.

Erzähl weiter. Ich kann nicht.

Anders fortsetzen:

Ich bin der schlecht bezahlte Heimatpfleger, der die Exponate mit der Kneifzange in die Vitrinen hievt, wir haben täglich viele Stunden geöffnet, in denen ich zwischen den Schmiedehämmern und Scheißhäusern um 1900 sitze, in den Schreibautomaten zwecklose Zeichen zur Klassifizierung der Funde haue und mich frage, warum sich keine Sau für sie interessiert; für die Gebisse des alten Adels; für die Schießgewehre der Gutsbesitzer; für die Wanderstöcke des Sauerländischen Gebirgsvereins, mit denen irgendwer irgendwann irgendwo mal einen Bach übersprungen und die Stadt vor den heranwalzenden Truppen der Grafen Schlagmichtot gewarnt hat. Wie alles gekommen wäre, wenn die Grafen Schlagmichtot einmarschiert wären. Ich wäre nie geboren worden, ich würde keine Konservendosen verräumen und hätte im Dunkeln keine Angst vor meinen eigenen Relikten in Büchsen.

Erzähl weiter. Ich kann nicht.

Anders anfangen:

Ich bin der Sohn zweier mich liebender Menschenkinder. Beide wurden Neunzehnhundertsoundso geboren und haben ihre großen Reisen hinter sich. Ich habe meine Meerschweine, Wellensittiche und unsichtbaren Geschwister regelmäßig in die Gefriertruhe gelegt, wegen des schädelzermarternden Unterdrucks der Provinzgewässer. Ich bin also ein Menschenkind aus dem Fahrwasser der Kleinstadt, nicht der Rede wert, aber in der kleinen Stadt siehst Du alles doppelt scharf, siehst es unter dem Vergrößerungsglas und in Zeitlupe: Wie alles vor die Hunde geht, vor die Wand fährt, auseinanderfällt, aufhört, im Getriebesand der Industriemaschinen ersäuft.

Erzähl weiter. Ich kann nicht.

Anders anfangen:

Ich bin der Professor für technische Heimatkunde. Ich bin derjenige, der morgens seinem Vater eine Doktorarbeit zum Thema *Wie Die Bergleute Das Ländliche Erobern Mussten* widmet, nachmittags sachte in den Familienalben blättert, der in der Nacht manches Mal träumt, wie es wäre, die Forschungen, auch die Erzeuger über Bord zu werfen, vom sinkenden Kahn fliehend aufs Festland auszuweichen, und nach, sagen wir, Gunzenhausen auszuwandern, nach Schweina bei Gunzenhausen, wo ich es nicht mehr nötig hätte, zu Ehren längst gelegter Eier zu musizieren. Erzähl weiter.

Das ist gut. So kann ich bleiben. Gute Haltung, nicht bewegen:

Ich bin der Professor für technische Heimatkunde. Ich bin der führende Forscher für Kleinstadtepen, für demoskopische Enigmata, Sammler der menschlichen Katastrophen und sinnlosen Hingaben.

Meine zartrosa schimmernde, blassgrau leuchtende, technische Heimatkunde!

Sie zerfällt, wissenschaftlich betrachtet, in zwei Bereiche: Theorie und Praxis. Gute Haltung, jetzt den Kopf prahlerisch auf die Hand gestützt, den Ellenbogen aufs Rednerpult:

Ich werde nun also versuchen, Sie für die prägnantesten Ergebnisse meiner von Kindesbeinen an währenden Leidenschaft für das klingende Spiel der Kleinstadt zu erwärmen. Zuerst die Theorie meines

Trauerchorals. Der neuronale Hang zum Erinnern und Wahnsinnigwerden am Reihenhaus der Kindheit sieht, ungefähr und über den Daumen, so aus:

PK (Psychiognomie der Kindheit) + ÜTEWSG (Übliche Traumata einer Wenig-Seelen-Gemeinde) + X (unbekannt) = WSD (WAHNSINN IN DOSEN).

Selbst der Laie wird leise pfeifen: Ich bin auch nur der Blinde unter den Verkrüppelten, wie man so sagt. Um im Bilde zu bleiben: Beschäftigen wir uns, versuchsweise, mit X. Der Unlösbarkeit des Knotens des Wahnsinns der Geburt unter den Bedingungen der Provinz unter besonderer Berücksichtigung des Unterschieds von Niederkunft und Niedergang, insbesondere seiner Konservierbarkeit. Hierzu möchte ich aus der quälenden Aufführungspraxis berichten:

Ich wollte meine Mutter nie im Pflegeheim besuchen. Ich wollte ihr nie auf die Finger schlagen, wenn sie von allen Sinnen frei am Plastikschlauch aus ihrem Bauch für die Ernährung zerrt, was den Eingeweiden auf die Dauer unwiderruflichen Kummer bereitet hätte. Ich wollte ihr niemals wehtun, ich wollte niemals Knochen auf Knochen mit Schmackes, also, ich habe ja nicht etwa mit der ganzen Hand zugehauen, sondern nur mit meinem gespitzten Fingerknöchel, aber es hat ihr wehgetan, so weh, dass sie sich nach Jahren noch daran erinnern konnte, ob-

wohl sie sich laut der in Aspik gegossenen Röntgen-
hirnbilder gar nicht mehr erinnern kann. Es machte mir damals nichts aus. Ich hatte keine schlechten
Träume. Ich behielt die Sache für mich. Ich erstellte
ein wissenschaftliches Dossier, Verhalten, Reaktion,
Reflexion. Trotz dieser Kühle lag die kleine Stadt
wie immer unerschütterlich da, als sei sie der unum-
gängliche und einmalige Glotzfisch unter Panzerglas. Ich ging und ging und ging und wusste, dass
ich nicht wegkommen würde. Wenn man schon immer in einer kleinen Stadt atmet, singt und springt,
das lernt man, ist man ein gut eingerichteter Tanzbär, das merkt man, läuft bis zum Ortsausgangs-
schild und sieht die Ferne der Berge, und das Meer
ist eh ganz weit draußen, das fühlt man, also macht
man wieder kehrt, ist an die Kette der Herkunft gelegt, das spürt man, die Füße werden momentwei-
se dick und schwer, wie voll Wasser. Man geht wieder zurück in die Gassen und geht und geht und geht
durch die Innereien des gut konservierten Glotz-
fisches unter Panzerglas, wobei man sich das alles ja
nur ausgedacht hat als kleiner Junge, die ungeheure
Konservierung, den unverwüstlichen Glotzflosser,
das unerschütterliche Panzerglas, aber was nützt es,
aus unbekannten Gründen halte ich an alledem fest
wie am weißen Bart vom lieben Gott. Um im Bilde
zu bleiben:

In einer späteren Nacht, weit weg vom Glotzfisch, im Jenseits der Metropolen, als ich mich gerade auf meine Antrittsvorlesung als Honorarprofessor an der Universität Gunzenhausen vorbereitete, wo ich über die *Geriatrischen Vorzüge Der Ernährung Durch Künstliche Mageneingänge Im Kontext Der Psychischen Verarmung der Pflegeheiminsassen In Einer Sauerländischen Kleinstadt* zu referieren hatte, mitten in der Nacht, ließ mich ein Satz nicht mehr los, den mir die Fistelstimme der Uhrwerke ins Ohr flüsterte: Wenn ein Flugzeug reicht, um tausend Meter Stahl zu sprengen, dann kann Dich eine winzige Mücke fällen wie die Axt den ganzen Wald. Du weißt, dass manche die Hacke im Forst nicht hören.

Und schon verlor ich wieder alles, was mich fernhielt vom Grätengespinst der alten Heimat; mein Kopf war voll von so viel Konservierungsaspik, dass es auch für alle angrenzenden Länder und Reihenhäuser dicke gereicht hätte. Ich dachte an die ganzen Meerschweine, Sittiche und imaginären Geliebten, die ich ins ewige Eis verbannt hatte, ich dachte an die Mutter nach den Schlägen. Ich brach noch in der Nacht wieder die Zelte ab und kam zurück in die verschwindend kleine Stadt, saß im Morgengrauen demütig bei meiner hydraulischen Mutter im verstellbaren Bett, tätschelte ihre Hand wie ein Tanzbär die Kindertatze und vergaß meinen Ruf nach

Gunzenhausen, da meine Mutter hochfuhr und aus dem Stand in wirrem Zungenschlag fistelig zu mir sprach:

Ich bin ein kleines Mädchen mit bleiernen Zähnen. Ich bin vor einigen Jahrtausenden im Jahre Neunzehnhundertsoundso in Finsterwalde geboren worden. Ich bin eine Hundenärrin, die lieblich im Wald spazieren geht, wenn es schön finster ist. Ich bin Dein Hundewelpe mit Mäusezähnen.

Und ich, zur Eiseskälte erstarrt. Von der befürchteten Mücke zur Unzeit gestochen wie vom Hafer, getroffen wie vom Blitz. Nahm sofort Stift und Papier zur Hand und notierte den Vorfall für mein Dossier, für meine Gleichung. Um im Bilde zu bleiben: Ich habe die Extremstellen des unbekannten X exemplarisch abgeschritten. In der oberen, linken Ecke sitzt der von mir erfundene, hospitalisierte Glotzfisch im Glas, aus dem es kein Entkommen gibt. In der oberen, rechten Ecke lagern die übereinandergestapelten und gut erhaltenen Leichen im Keller, Meerferkel, Streifensittiche, Gespenster. In der unteren, linken Ecke ist die Mutter anzusiedeln, deren synaptisches Fehlläuten zu regelmäßigen Tränenkrämpfen führt; sie war nie in Finsterwalde, sie war nie ein Hundenarr, sie hat Angst vor Tannen und Fichten. Bleibt noch die untere, die rechte Ecke unseres X, sozusagen sein wichtigstes Standbein. Wir nähern uns dem

Ende meiner kleinen Betrachtung, denn für diese Ecke des X finde ich keine Lösung. Gut, ich schlage ihr meine Ängste zu, weil die auch irgendwo bleiben müssen, ich schlage ihr die Grafen Schlagmichtot unter meinem Bett zu, ich schlage ihr die Fisteln in meinem Kopf zu, die von Türmen und Mücken künden. Aber ich werde nicht schlau daraus.

So kommen wir nicht voran. So wird nicht weitergemacht. Ich nehme das verdammte X, breche ihm seine Arme und Beine ab, schiebe den kläglichen Torso in meine Armbrust und schieße dem Professor für technische Heimatkunde damit in den Kopf, dass es nur so scheppert. Erzähl endlich weiter. Ich kann nicht.

Anders anfangen:

Ich bin meines Vaters Sohn. Als ich ihn wiedertraf, waren Jahrmillionen vergangen. Ich saß auf einer Parkbank am Fluss im Jenseits der Metropole und sah den Enten beim Schlafen zu, dem Kapitän beim Wenden seines dampflosen Appelkahns, da stand er vor mir in Paradeuniform. Das verwunderte mich. Er setzte sich:

Vater, altes Haus! Wie war der Krieg? Lang. Dreckig. Unbarmherzig. An jeder Ecke schwenkten sie ihre schwer blutigen Handtücher. Was macht Dein Knie? Es schwillt an. Das ist gut! Du meinst, das Aspik zwischen den Knochen ist aufgebraucht?

Sie reiben wieder aufeinander? Es schwillt an. Das ist gut! Wie geht es den Bergwerken? Sie stürzen ein. Die schmalen Stützgräten, Schutz eines jeden Bergarbeiters, knicken ein wie Stahlbeton? Sie stürzen ein. Das ist gut! Wie geht es den Dachpappen auf Deiner Laube? Sie sind undicht. Man bräuchte Teer, um sie zu flicken. Das ist schön! Wie geht es Deinen Sprunggelenken? Sie sind schon wieder steif. Wie war Deine Ehe? Lang. Dreckig. Unbarmherzig. Wie geht es Dir, altes Haus? Schlecht. Und jetzt, wo wir uns wiederhaben? Schlecht. Wo wir über Dein ganzes Leben gesprochen haben, hier, auf dieser Parkbank, so weit weg von den Hypotheken unseres Reihenhauses, wo wir uns über Krieg & Knie & Bergwerke & Dachpappen & Sprunggelenke & Ehe unterhalten haben, da geht es Dir nicht besser? Es geht mir schlecht.

Wir schwiegen mehrere tausend Jahre. Gerade, als die Enten ihren Schlafsand von den Eiern wischten, sah ich wieder den Kapitän, mit seinem Appelkahnarsch auf Grundeis laufend, kenternd ohne Hilferuf, er sank und verschwand. Da ging auch mein Vater wieder davon in seiner Schützenfestuniform. Kein Wort, kein Blick zum Abschied, und das verwundete mich so sehr, dass ich ihm hinterherbrüllte wie die Brandung: Leck mich doch am Arsch, leck mich endlich am Arsch, leck mich am Arsch, ich liebe Dich.

Aber er verstand kein einziges Wort. Erzähl weiter. Ich kann nicht. Versuch's. Ich versuch's.

Anders anfangen, ehrlich anfangen:

Ich bin der falsch Verbundene in der Großstadt. Ich habe eine Mutter, die mich täglich anruft und fragt, wie es mir geht, die mich stündlich anruft und fragt, in jeder Minute, in jeder Sekunde, die sich nicht abspeisen lässt, die Beharrlichkeit der stehenden Uhren, der Synapsen, der untergegangenen Hirngebinderinde, der kaputten Erinnerungsapparatur. Ich sage irgendwann, Sie sind falsch verbunden, aber sie weint und versteht kein einziges Wort.

Ich bin der bis auf die Zähne bewaffnete Graf Schlagmichtot, der sich der Goldfischglaskuppel nähert wie den Windmühlenflügeln, schon wird ausgeholt, und schon wird gedroschen und gedroschen, aber das Glas springt nicht mal. Als die lange, dreckige, unbarmherzige Schlacht geschlagen ist, sieht mich immer noch durchs Panzerglas der Glotzfisch an, und ich spiegele mich bloß in den Schaufenstern meiner verschwindend kleinen Stadt und rede auf sie ein.

Aber sie verstehen kein einziges Wort.

Ich bin der Niemand vom Land und habe vergessen, in wessen Wales Bauch ich mich abstrampele; ich bin der Tanzbär und kann genau eine Bewegung, die ein X in der Luft beschreibt und genügt, um mich durchs Leben zu mogeln; ich bin die Mücke;

der tiefgefrorene Vogel; der bis zuletzt salutierende Dampfschiffkapitän. Ich bin der schlecht bezahlte Heimatpfleger, der seine längsten Reisen in die angrenzenden Staaten macht und beim Backfisch in Aspik dem Mann in der Bude von Röntgenhirnbildern und Glotzflossern erzählt.

Aber er versteht kein einziges Wort. Erzähl nicht weiter. Sag die Wahrheit. Die Wahrheit? Die Wahrheit ist, ganz am Ende, fast zu spät: Ich bin nur ein verschwindend kleines Relikt, mit der Panzerglasbrille, den krummer werdenden Gräten und dem Kopf voller lispelnder Fisteln.

Und verstehe kein einziges Wort.

Ich danke dem Literarischen Colloquium Berlin für die freundliche Unterstützung meiner Arbeit.
Mein ganz besonderer Dank gilt Terézia Mora.

Die kursiven Zeilen auf S. 115 in der Erzählung »Pastorale« stammen aus dem Gedicht »Devant deux portraits de ma mère« von Émile Nelligan, aus dem Französischen übersetzt von Tabea Soergel.